妖怪道中《ようかいどうちゅう》三国志《さんごくし》 肆

幻《げん》影《えい》の町から大《だい》脱《だっ》出《しゅつ》

三田村信行・作

十々夜・絵

登場人物紹介《しょうかい》

蒼太《そうたい》（早川蒼一《はやかわそういち》）
妖怪《ようかい》ゲームの達人《たつじん》。
いやな予感がよくあたる。
クラスメイトの夏実《なつみ》を
ちょっと意識《いしき》している。

佐山信夫《さやまのぶお》（信助《しんすけ》）
歴史大好《れきしだいす》きな
「江戸《えど》時代オタク」。
佐山博士《さやまはかせ》とともに、
妖怪《ようかい》「変顔《へんがん》」を追う。

夏花《かか》（大河原夏実《おおかわらなつみ》）
"考えるより行動！"派《は》。
正義感《せいぎかん》が強く、好奇心《こうきしん》
おうせい。

2111年（現在《げんざい》）
3人で妖怪《ようかい》の本当の姿《すがた》を伝《つた》えるため活動中

1805年（江戸《えど》時代）
妖怪《ようかい》を追って東海道《とうかいどう》を旅！

208年（三国《さんごく》時代）
歴史《れきし》をまもるための旅をつづける

これまでのお話は…

歴史学者《れきしがくしゃ》・佐山博士《さやまはかせ》が「変顔《へんがん》」という妖怪《ようかい》に、三国《さんごく》時代の予言書《よげんしょ》をうばわれた。妖怪《ようかい》はその巻物《まきもの》を使って「三国志《さんごくし》」の時代を変《か》えようとしている。博士《はかせ》と、博士《はかせ》の孫《まご》の信夫《のぶお》は2111年の世界で変顔《へんがん》を追い、その友人の蒼一《そういち》・夏実《なつみ》は歴史《れきし》をまもるため、三国《さんごく》時代へ行くことに。三国《さんごく》時代で孔明《こうめい》と張飛《ちょうひ》に出会い、蒼太《そうたい》・夏花《かか》と名を変《か》えて「赤壁《せきへき》の戦《たたか》い」を起こそうと旅立った二人。ところが妖怪《ようかい》があらわれ、孔明《こうめい》そっくりに化けたとき、張飛《ちょうひ》がつぶやいた言葉が蒼太《そうたい》の疑惑《ぎわく》を呼《よ》んで…？

孔明《こうめい》
「三国志《さんごくし》」の中心人物。天才的《てき》な能力《のうりょく》を持つ軍師《ぐんし》だが、争《あらそ》いごとがきらいで気弱。

張飛《ちょうひ》
「三国志《さんごくし》」の重要《じゅうよう》人物。天下無敵《むてき》の豪傑《ごうけつ》だが、じつは妖怪《ようかい》が苦手。

黒風怪《こくふうかい》
魏《ぎ》の曹操《そうそう》の命令《めいれい》で、孔明《こうめい》をつけねらう「間者《かんじゃ》」（スパイ）。

佐山博士《さやまはかせ》
信夫《のぶお》の祖父《そふ》で、歴史《れきし》学者。中国《ちゅうごく》の歴史《れきし》が専門《せんもん》。

変顔《へんがん》
巻物《まきもの》をうばい、「赤壁《せきへき》の戦《たたか》い」をなかったことにしようとしている。どんな顔にもなれる妖怪《ようかい》。

もくじ

蒼太《そうた》たちが旅する「三国志《さんごくし》」の世界とは…

「後漢《ごかん》」という時代の末期《まっき》、国は乱《みだ》れ、各地《かくち》で戦乱《せんらん》が起こっていた。そんななか、大きな力をもつ三人の英雄《えいゆう》があらわれた。「魏《ぎ》」の国の曹操《そうそう》、「呉《ご》」の国の孫権《そんけん》、「蜀《しょく》」の国の劉備《りゅうび》。三人は、中国《ちゅうごく》を統一《とういつ》するため、さまざまな戦《たたか》いやかけひきをくり広げていく——。

にぎやかな夜の通りで

一

蒼太《そうたい》はいらいらしていた。なにもかも気に入らなかった。腹《はら》の底《そこ》から黒い雲がもくもくわきでてくる感じだ。

まず、孔明《こうめい》といっしょの馬に乗って、にこにこわらいながら、孔明《こうめい》と仲《なか》よくおしゃべりしている夏花《かか》が、気に入らなかった。「いちゃいちゃするな！」と、思いっきりどなりつけてやりたい。

つぎに気に入らないのは、蛇矛《じゃぼう》を肩《かた》にかついで、孔明《こうめい》と夏花《かか》が乗った馬を引きながら、ひょうたんの酒をぐびぐび飲んでいる張飛《ちょうひ》だ。

（お酒ばっかり飲んでないで、もっと妖怪《ようかい》に強いところを見せてよ！　まったく、いつも妖怪《ようかい》にびびってるんだから……）

自分が乗っているロバも気に入らない。おとなしいけど、いったんへそをまげると、いうことをきかなくなる。けっても、たたいても、ひっぱっても、地面にめりこむくらいに足をふんばって、動かない。

（もういいよ。お前なんかに乗るもんか！）

怒《おこ》って歩きだすと、なにくわぬ顔つきでとことことあとをついてくるのだ。

それもこれも、みんなこの旅のせいだと、蒼太《そうたい》は思う。この旅そのものが気に入らない。

蒼太《そうたい》と夏花《かか》は、曹操《そうそう》と孫権《そんけん》・劉備《りゅうび》の連合軍《れんごうぐん》が赤壁《せきへき》で激突《げきとつ》する〈赤壁《せきへき》の戦《たたか》い〉を成功《せいこう》させるために、未来《みらい》からこの『三国志《さんごくし》』の世界にやってきた。そして、劉備《りゅうび》の軍師《ぐんし》の孔明《こうめい》と護衛《ごえい》の張飛《ちょうひ》のふたりといっしょに、孫権《そんけん》の本拠地《ほんきょち》、呉《ご》の柴《さい》桑《そう》へと向かった。曹操《そうそう》に立ちむかうように孫権《そんけん》を説得《せっとく》するためだ。

ところが、長江《ちょうこう》の下流の柴桑《さいそう》へは舟《ふね》で行けば早いのに、わざわざ陸路《りくろ》を遠まわりしている。曹操《そうそう》の間者《かんじゃ》（スパイ）をさけるためだとかいっているが、それにしても、孔明《こうめい》も張飛《ちょうひ》もなんだかのんびりしていて、まったく危機感《ききかん》がない。

（もしかしたら、おれたちは、別《べつ》の三国志《さんごくし》の世界にまぎれこんでしまったんじゃないだろうか……？）

蒼太《そうたい》は、そんな疑惑《ぎわく》に取りつかれていた。

羅刹鳥《らせつちょう》がばけたにせ孔明《こうめい》があらわれ、孔明《こうめい》がふたりになって、どっちが本物か判断《はんだん》がつかなかったとき、張飛《ちょうひ》が、「どっちにしても変わりはないんだから、ふたりともいっしょにつれていくか」といった。蒼太《そうたい》の疑惑《ぎわく》は、そこからはじまっていた。

どっちにしても変わりないということは、今、馬上で夏花《かか》とにこやかにしゃべっている孔明《こうめい》も、にせ者ということなのか？

考えてみれば、天才軍師《ぐんし》のはずの孔明《こうめい》が、争《あらそ》いごとがきらいで、のんびり昼寝《ひるね》をしていたいなんていったり、天下無敵《てんかむてき》の豪傑《ごうけつ》の張飛《ちょうひ》が、妖怪《ようかい》をこわがったり、旅のはじめからおかしかった。おまけに、行く先々で妖怪《ようかい》にでっくわす。

これまで蒼太《そうたい》は、妖怪《ようかい》に出合うのは、自分たちがこの世界にはいりこんだためにに起こった変化だと思ってきたが、孔明《こうめい》がにせ者だとすると、そうも思えなくなってきた。この世界は、三国志《さんごくし》の登場人物や場所などは同じだが、じつは、まったくちがう、〝もうひとつの三国志《さんごくし》〟の世界なんじゃないだろうか。ここでは、〝にせ〟孔明《こうめい》と張飛《ちょうひ》が、理由はわからないが、なにか別《べつ》の目的《もくてき》をもってだらだらと旅をつづけ、夏花《かか》と自分をひっぱりまわしている……。

「もう、やってらんないよ！」

蒼太《そうたい》は思わず叫《さけ》んだ。

「どうしたの、蒼太《そうたい》」

孔明《こうめい》と楽しげにおしゃべりして
いた夏花《かか》が、顔を向けた。

「なに、かりかりしてるのよ」

「もう、旅を終わりにしよう」

「なにいってんのよ。そんなことしたら、赤壁《せきへき》の戦《たたか》いがだめになっちゃうじゃないの」

「とっくにだめになってるさ」

「どうしてよ」

「こんな、いつ柴桑《さいそう》に着くかわからないだらだら旅をつづけているあいだに、孫権《そんけん》が曹操《そうそう》に降服《こうふく》してるにちがいないからだよ」

呉《ご》の重臣《じゅうしん》たちは、勢《いきお》いに乗る曹操《そうそう》にはとても勝てそうにないから、降服《こうふく》するようにと、孫権《そんけん》にすすめている。孫権《そんけん》もその気になりかけたところへ、孔明《こうめい》が乗りこんで、孫権《そんけん》や重臣《じゅうしん》たちを説《と》きふせて、劉備《りゅうび》とともに曹操《そうそう》に立ちむかわせることに成功《せいこう》し、赤壁《せきへき》の戦《たたか》いが起こる——というのが、『三国志《さんごくし》』の世界だ。

孫権《そんけん》が曹操《そうそう》に降服《こうふく》してしまえば、赤壁《せきへき》の戦《たたか》いは起こらない。

だが、もしここが〝もうひとつの三国志《さんごくし》〟の世界だとしたら、そういうことになっていることも考えられる。

「そんなことになったら、未来《みらい》の――あたしたちのいる世界が変《か》わっちゃうじゃない！」

蒼太《そうた》もそう思う。けれど、ここまでこの世界に深いりしてしまった今は、どうすることもできない。

「もう、どうなってもいいよ」

蒼太《そうた》はやけっぱちになって、いった。

「変《か》わるなら変《か》われば」

「蒼太《そうた》はだいぶいらいらしているようだね」

孔明《こうめい》が馬上からわらいかけた。

「あと少しのしんぼうだ。明後日《あさって》あたりには、柴桑《さいそう》の対岸に着けるはずだから」

「えっ。そんなに近くまで来てたの？」

夏花《かか》がふりむき、

「ほんとう？」

蒼太《そうた》が見上げた。

「はっはっは。おどろいたか」

張飛《ちょうひ》が、ひげをなであげながら高わらいした。

「孔明軍師《こうめいぐんし》は、天下にふたりといない天才だ。だらだら旅も、陸路《りくろ》をあちこち歩きまわったのも、すべて軍師《ぐんし》の計略《けいりゃく》なのだ。まあ、妖怪《ようかい》がぞろぞろでてきたのは計算外だったがな」

あとのほうのことばは、ちょっと低《ひく》い声になった。

「ともかくだ、孫権《そんけん》が曹操《そうそう》に降服《こうふく》しないように、ちゃんと手は打ってある。これも、孔明軍師《こうめいぐんし》の天才的計略《てきけいりゃく》だ」

ちゃんと手を打ってある？　ほんとうだろうか。蒼太《そうたい》は疑《うたが》ったが、

「さすがは孔明《こうめい》さんね」

夏花《かか》はうっとりしたように孔明《こうめい》を見上げた。

「いや、まあ、それほどでも……」

孔明《こうめい》は顔を赤らめ、照《て》れくさそうに頭をかいた。

「さあ、行け！」

蒼太《そうたい》は、大声を上げてロバの腹《はら》をけった。ロバは勢《いきお》いよくとことこ走りだした。

（どうやら柴桑《さいそう》には行けるみたいだな。柴桑《さいそう》に着けば、曹操《そうそう》と呉《ご》の関係がどう

なっているかわかるはずだ。それによって、この世界が〝もうひとつの三国志《さんごくし》の世界〟かどうかもはっきりするにちがいない）

蒼太《そうた》は、とりあえず、それまで疑念《ぎねん》を胸《むね》の奥《おく》にしまいこんでおくことにした。

「おーい、蒼太《そうた》。あんまり走らせると、ロバがくたばっちまうぞ！」

張飛《ちょうひ》のどら声が追いかけてきたが、蒼太《そうた》は、かまわずにロバを走らせつづけた。いらいらした気分は、少しずつ消えていった。

その日は、昼すぎに小さな村を通りすぎたあとは、家が一軒《けん》もなく、夕方になっても泊《と》まるところが見つからなかった。

「このぶんだと、今夜は野宿かな」

孔明《こうめい》がいった。

「くそっ。野宿になるんだったら、昼すぎ通りすぎた村で補充《ほじゅう》しておくんだったわ」

からっぽのひょうたんをさかさにふりながら、張飛《ちょうひ》が舌打《したう》ちした。

「まあ、もう少し行ってみましょうか。酒はともかく、古寺でも見つかるかもしれない」

にがわらいして、孔明《こうめい》は馬を進めた。

けれど、それからしばらく行っても、左右は貧弱《ひんじゃく》な雑木林《ぞうきばやし》と雑草《ざっそう》と石ころだらけの荒《あ》れ地がつづくだけだった。

「そろそろ野宿のしたくをするか」

暗くなってきたあたりを見まわしながら、孔明《こうめい》がいったときだった。はるか前方にぽつりとだいだい色の灯《あか》りがともった。

「やっ、ありゃあ人家の灯《あか》りらしいぞ！」

張飛《ちょうひ》が額に手をかざし、ぎょろりと丸い目をむいた。

「しめた。これで酒が飲める！」

叫《さけ》ぶやいなや、張飛《ちょうひ》は勢《いきお》いよく走りだした。引《ひ》き綱《づな》にひっぱられて、夏花《かか》と孔明《こうめい》の乗った馬も走りだす。

「遅《おく》れるなよ、そら、行け！」

負けじと蒼太《そうたい》もロバの腹《はら》をけった。

だいだい色の灯《あか》りは、近づくにつれて大きくなり、数もどんどんふえてきた。

「一軒《けん》や二軒《けん》じゃないぞ。村か町だな。うまいものも食えそうだ」

張飛《ちょうひ》は、舌《した》なめずりをしながら、ますます足をはやめた。それにつれて、馬も早足になる。すると、競争心《きょうそうしん》をあおられたのか、ロバも猛然《もうぜん》とダッシュして馬に追いついた。

そうやってしばらく走っていると、

「くそっ。なんてこった!」

ののしり声とともに、とつぜん張飛《ちょうひ》が足を止めた。馬もロバもつんのめるようにして止まった。夏花《かか》は孔明《こうめい》が支《ささ》えてくれたので大丈夫《だいじょうぶ》だったが、蒼太《そうたい》はあやうくロバからころげおちるところだった。

「うわっ、あ、あぶねえ!」

「ちょっと、張飛《ちょうひ》さん、気をつけてよ!」

「張飛《ちょうひ》どの。どうしたんです」

三人がこもごも叫《さけ》ぶと、張飛《ちょうひ》は、

「見ろ!」

といって、太い指で前方を指さした。

目の前にはば広い川が流れていた。そして、暗くしずんだその川面をへだてて、だいだい色の灯《あか》りがいくつもいくつも重なりあうようにしてまたたいている。左右を見わたしても、橋のようなものはない。

「ここで待ってろ。舟《ふね》かなにかないか、さがしてくる」

張飛《ちょうひ》がせまい岸に飛《と》びおりて、左右に走っていったが、すぐにもどってきて首をふった。

「だめだ。役に立ちそうなものは、なんにもないわ」

「そんなあ」

「せっかくここまで来たのに――」

夏花《かか》と蒼太《そうたい》は、うらめしげに向こう岸に目をやった。灯《あか》りは、こっちへおいでよとさそうように、ゆらゆらとまたたき、ざわめきも川面を渡《わた》ってかすかに聞こえてくる。気のせいかも知れないが、なにやらいいにおいもただよってくるようだ。

「ええい、もうがまんできん！」

張飛《ちょうひ》が、蛇矛《じゃぼう》を肩《かた》にかついで、じゃぶじゃぶと川にはいっていった。そして、腰《こし》のあたりまで水がくると、ゆっくりと泳ぎはじめた。

「どれ、わたしたちも行こうか」

孔明《こうめい》が馬を水ぎわまですすめた。蒼太《そうたい》のロバもあとにつづく。

「夏花《かか》を向こう岸におろしたらもどってくる。蒼太《そうたい》はここで待っていなさい」

そういうと、孔明《こうめい》は静《しず》かに馬を暗い川に乗りいれ、手綱《たづな》をたくみにあやつって馬を泳がせていった。

「おとなしくしてろよ」

蒼太《そうたい》はロバからおりて、孔明《こうめい》の馬が流れをよこぎり、向こう岸に近づいていくのを見まもりながら、ロバの首筋《くびすじ》をぽんぽんとたたいた。すると、なにを勘《かん》ちがいしたのか、ロバがいきなりざざざっと川にかけこんだ。

「よ、よせよ。お、お前、泳げんのかよ」

あわてて手綱《たづな》をつかもうとしたが、もう遅《おそ》く、ロバは手綱《たづな》をひきずったまま泳ぎだした。

「くそっ」

蒼太《そうたい》は地団駄《じだんだ》をふんだ。

「ははは。おいてきぼりをくらったな」

しばらくしてもどってきた孔明《こうめい》は、わらいながら蒼太《そうたい》を馬に乗せ、ふたたび暗い川を渡《わた》った。

向こう岸に着くと、ロバはもう上がっていて、ぶるるんと体をふるわせてしずくを吹《ふ》きとばしていた。蒼太《そうたい》を見ると、どうだといわんばかりに、首を上げてふひひひーんといなないた。

「なんてやつだ……」

蒼太《そうたい》はあきれてしまった。

「みんなそろったな。さあ、行こうか」

全身ずぶぬれの張飛《ちょうひ》が、そういうと、ぶるんと首をふってひげから水滴《すいてき》をまきちらした。

二

だいだい色の灯《あか》りは、思ったとおり町の灯《あか》りだった。川岸から少し行ったと

ころに、二本の柱に屋根をのせた牌楼《ぱいろう》とよばれる門があった。そこが町の入り口で、そこからまっすぐに広い通りがのびていた。

四人は、牌楼《ぱいろう》の近くの柳《やなぎ》の木に馬とロバをつなぎ、町の中にはいっていった。

通りの両側《りょうがわ》には、すきまもなしに店がたちならんでいた。ほとんどが食べ物屋か酒店で、どの店もこうこうと灯《あか》りをともし、食べ物屋は店の前に屋台をもうけて、その上に湯気の立ったできたての食べ物を山盛《やまも》りにした皿や鉢《はち》をそろえ、酒店は大きな甕《かめ》をずらりと店先にならべていた。あたりにはおいしそうな食べ物のにおいと酒のにおいがたちこめている。

通りは、行きかう人たちでごったがえしていた。男の人や女の人をはじめ、老人や子どもまで、あらゆる年齢《ねんれい》の人たちがいた。みんな、わいわいがやがやにぎやかにしゃべりあいながら、屋台に足を止めたり、酒店をのぞきこんだりしている。屋台の前ではよびこみがだみ声をはり上げ、酒店の中からは陽気な歌声が聞こえてくる。

四人は人ごみをかきわけながら、通りにならんでいる店を一軒《けん》一軒《けん》のぞいてまわった。けれど、どの店も客でいっぱいで、はいれない。ようやく、通りのなかほどで、少しすいている店が見つかったので、そこにはいった。

店の中には板を打ちつけただけの細長い卓《たく》が三つならんでいて、その両側《りょうがわ》に、これも板を打ちつけただけのベンチのような細長いいすがおいてあった。客は、電線に止まる椋鳥《むくどり》のように、ひじをくっつけあうようにしてすわっている。

四人は、ほかの客をおしのけるようにして、いすに腰《こし》をおろした。客たちは、食べたり飲んだりするのにいそがしく、気にかけるようすもない。

「おーい、酒だ、酒だ。酒を持ってこい！」

すわるなり、張飛《ちょうひ》がどなった。すぐに店の者が取っ手のついた壺《つぼ》と杯《さかずき》を持ってきた。そして、壺《つぼ》と杯《さかずき》を張飛《ちょうひ》の前におくと、手を広げてぐいとつきだした。

「銭《ぜに》」

「なんだ、前ばらいか」

張飛《ちょうひ》はにがわらいして、ふところからふくろを取りだし、口をあけて手をつっこむと、数枚《すうまい》の銭《ぜに》をつかみだして店の者の手にあけた。

「それでたりるだろう」

ところが店の者は、首をふって、銭《ぜに》を卓《たく》の上においた。

「それじゃたりないのか」

張飛《ちょうひ》は、もう一度ふくろに手をいれて、銭《ぜに》をもう一枚《まい》取りだし、卓《たく》の上の銭《ぜに》にかさねた。すると店の者は、壺《つぼ》と杯《さかずき》を卓《たく》から取って、くるりと向きをかえた。

「お、おい、待てよ。なんでたのんだ酒を持っていくんだ。たりないのならもっとだすぞ」

張飛《ちょうひ》があわててよびとめたが、店の者はそのまま奥《おく》にひっこんでしまった。

「ははは。ここではそんな銭《ぜに》は通用しませんよ」

向かいにすわっていた男が、わらった。

「ここでは、これしか通用しないんです」

男は、右手のこぶしを四人の前につきだし、ぱっとひらいた。手の平に丸くて平べったい金色の石のようなものがのっていた。まん中には冥《めい》という字が彫《ほ》りこまれている。

「見たこともない銭《ぜに》ですね」

孔明《こうめい》がいった。

「とうぜんです。生きているときには必要ありませんからね」

「えっ？　それ、どういう意味ですか」

「ここは鬼市《きし》といって、死者の町なんですよ。だから、生者の世界の銭《ぜに》はここでは使えません。ここで使えるのは、この冥銭《めいせん》だけです」

男はそういって、金色の石のようなものをふたたび手の中に握《にぎ》りこんだ。

「死者の町だって……!?」

蒼太《そうたい》の背中《せなか》を、寒気がぞぞぞっとはいのぼってきた。

「じゃ、じゃあ、ここにいる人たち、みんな死んでるの？」

夏花《かか》が、まわりで飲んだり食べたり、しゃべったりしている人たちを見まわしながら、声をふるわせた。

「そうですよ。もちろん、わたしも死んでいます」

男はにやりとわらった。三十歳《さい》ぐらいの歳《とし》で、鼻のわきに大きなホクロがある。

「くそっ。とんでもないところに来ちまった。さっさともどろうぜ」

張飛《ちょうひ》がさっと立ち上がった。

「ちょ、ちょっと待ってください」

男があわてたようにいった。

「あなたがたにお話ししたいことがあるんですが」

「なんだ。早くいえ」

「それが、少しこみいった話でして……」

男が口ごもっていると、ふいに店内がしんと静《しず》まりかえった。今までさわがしく食べたり飲んだりしゃべったりしていた人たちが、口をとじて、いっせいに店の入り口に顔を向けていた。

男がふたり、ずかずかと店にはいってきた。蒼太《そうた》と夏花《かか》はぎょっとした。ふたりとも額《ひたい》に角をはやし、口もとから鋭《するど》い牙《きば》をむきだした恐《おそ》ろしげな鬼《おに》だったのだ。そのあとから、もうひとりはいってきた。その男は、馬の頭をしていて、長い柄《え》の先にはば広い刃のついた偃月刀《えんげつとう》を持っていた。

「馬面鬼《ばめんき》に手下の鬼卒《きそつ》です」

向かいの男がささやいた。

「やつら、よ、妖怪《ようかい》か?」

張飛《ちょうひ》が頬《ほお》をひきつらせ、ぶるっと体をふるわせた。

「いえ。馬面鬼《ばめんき》は、閻魔《えんま》の庁《ちょう》、つまり閻魔大王《えんまだいおう》の役所の役人で、この鬼市《きし》の取りしまり役をつとめてるんです。手下をつれて見まわってるところです」

「そうか」

張飛《ちょうひ》は頬《ほお》をゆるめた。妖怪《ようかい》ではないと聞いてほっとしたのだろう。

「あんたがた、あいつらに逆《さか》らわないほうがいいですよ。逆《さか》らうと、ひどい目にあいますから」

男が心配そうにいった。

ふたりの鬼卒《きそつ》は、ぎろりぎろりと目を光らせながら卓《たく》のあいだを歩いていたが、ふいに立ちどまった。

「くさいぞ、くさいぞ」

「におうぞ、におうぞ」

ふたりは、鼻の穴《あな》を大きくふくらませて、あたりをくんくんかぎまわった。

「生きている人間のにおいだ」

「生きている人間がいるぞ」

ふたりは、四人のそばにやってきた。

「ここだ!」

「こいつらだ!」

鬼卒《きそつ》たちは、四人を指さして同時に叫《さけ》んだ。

「おい、こら。来い、来るんだ!」

鬼卒《きそつ》のひとりが張飛《ちょうひ》のえりがみをつかんだ。

「なにをするか！」

張飛《ちょうひ》がひげをふるわせて、太い腕《うで》をぶんとふった。

「わあっ」

鬼卒《きそつ》は、一発で店の入り口あたりまでふっとんだ。

「こ、この野郎《やろう》！」

もうひとりの鬼卒《きそつ》が血相《けっそう》を変《か》えてなぐりかかったが、張飛《ちょうひ》の腕《うで》のひとふりで同じようにふっとび、仲間《なかま》に折《お》りかさなって倒《たお》れた。

「そこまでだ」

太い声がして、馬面鬼《ばめんき》がゆっくりと歩みよってきた。

「おとなしくしろ。さもないと痛《いた》い目にあうぞ」

馬面鬼《ばめんき》は、偃月刀《えんげつとう》をぐいっと張飛《ちょうひ》の胸《むね》につきつけた。

「痛《いた》い目というのは、こういうことか！」

張飛《ちょうひ》は、偃月刀《えんげつとう》をはらいのけると、馬面鬼《ばめんき》をつかみ上げ、思い切り投げとばした。馬面鬼《ばめんき》は宙《ちゅう》を飛《と》んで鬼卒《きそつ》たちの上におちた。

「く、くそっ。おぼえてろ！」

馬面鬼《ばめんき》は、腰《こし》をさすりながら起き上がると、鬼卒《きそつ》たちといっしょに逃《に》げていった。

「ふはは。口ほどにもないやつらだ」

張飛《ちょうひ》は高わらいをすると、孔明《こうめい》たちをふりかえった。

「長居《ながい》は無用《むよう》。こんなところにぐずぐずしてたら、おれたちも死人になっちまいそうだ」

四人は店をでた。通りはあいかわらず人でにぎわっていた。

「いけねえ」

少し行ったところで、張飛《ちょうひ》が立ちどまった。

「さっきの店に銭《ぜに》がはいったふくろをわすれてきちまった。取ってくるから、先に行っててくれ。すぐもどる。ちょっと、通してくれ！」

張飛《ちょうひ》は、人ごみをかきわけて、かけもどっていった。

すぐもどるといったくせに、張飛《ちょうひ》はなかなかもどってこず、蒼太《そうたい》たちが牌楼《ぱいろう》に着いたころにやっと姿《すがた》をあらわした。

「遅《おそ》いじゃないの。なにしてたのよ」

夏花《かか》が口をとがらせた。

「すまん、すまん。卓《たく》の上においたはずなのに、なかなか見つからなくてな」

張飛《ちょうひ》は頭をかいてあやまった。

「じゃあ、行きましょうか」

そういって、孔明《こうめい》がみんなをうながしたときだった。通りがにわかにさわがしくなった。悲鳴と怒号《どごう》とみだれた足音がひとつになってひびいてくる。

「どけ、どけ！」

「じゃまだ、じゃまだ！」

「うろうろしてると、たたきころすぞ！」

手に手に棍棒《こんぼう》を持った二十人あまりの鬼卒《きそつ》たちが、通りの人びとをおしのけ、つきのけ、けとばしながら、走ってくる。鬼卒《きそつ》たちのうしろから、偃月刀《えんげつとう》をふりまわしながら馬面鬼《ばめんき》もやってくる。

「ふふん。しょうこりもなくやってきたか。まとめて相手にしてやるわ」

張飛《ちょうひ》は、目を怒《いか》らせて蛇矛《じゃぼう》をふり上げようとしたが、どうしたことか、途中《とちゅう》で動きが止まってしまった。

「く、くそっ。手が、手が、手が動かん！」

鬼卒《きそつ》たちが棍棒《こんぼう》をふり上げ、いっせいに四人に襲《おそ》いかかってきた。十数人が張飛《ちょうひ》ひとりに向かい、のこりが孔明《こうめい》と蒼太《そうたい》と夏花《かか》に向かった。

孔明《こうめい》は、蒼竜剣《そうりゅうけん》を抜《ぬ》いて、七、八人の鬼卒《きそつ》に立ちむかった。ひらりひらりと身をかわしながら蒼竜剣《そうりゅうけん》をふるったが、いくら斬《き》ってもついても、全然《ぜんぜん》手ごたえがない。鬼卒《きそつ》どもは、斬《き》られてもつかれてもすぐにもとどおりになってしまうのだ。まるで影《かげ》を相手にしているような感じで、すっかり疲《つか》れてしまった孔《こう》明《めい》は、棍棒《こんぼう》をよけきれずにたたきふせられて、その場にのびてしまった。

蒼太《そうたい》と夏花《かか》は、身をひるがえして逃《に》げようとしたが、ふたりともえり首をがっちりつかまれて、通りに投げだされた。

一方、動かない手から蛇矛《じゃぼう》をうばわれた張飛《ちょうひ》は、棍棒《こんぼう》の嵐《あらし》をかいくぐって、鬼卒《きそつ》たちを足でけり、頭つきではねとばして奮闘《ふんとう》したが、足を取られて倒《たお》されると、山のように折《お》りかさなった鬼卒《きそつ》たちにおさえつけられてしまった。

「よくやった。ひったてろ」

馬面鬼《ばめんき》が満足《まんぞく》げに命じた。

四人は荒縄《あらなわ》でしばられて、通りをひったてられていった。

「だからいわないこっちゃない」

鼻のわきにホクロのある男が、ぼそぼそつぶやきながら、あとをついていった。

三

四人は、町の中ほどにあるれんがづくりの四角い塔《とう》のような建物《たてもの》につれてこられた。建物《たてもの》は六層《そう》で、上にいくほど細くなっている。四人は、最上層《さいじょうそう》のれんががむきだしになった小部屋におしこまれた。天井《てんじょう》の近くの明かり取りの小窓《こまど》から月の光がさしこんでくるばかりで、部屋はがらんとして寒々しかった。

「かなりやばいよ」

蒼太《そうたい》が不安《ふあん》げにつぶやいた。

「ここを抜《ぬ》けださないかぎり、おれたちも死者の仲間《なかま》いりするしかないかも」

「そんなの、ごめんだわ。孔明《こうめい》さん、なんとかして」

夏花《かか》が孔明《こうめい》を見た。

「うーん。どうしたらいいか、わたしにもわからない」

孔明《こうめい》は頭をかかえた。

「せめて、蒼竜剣《そうりゅうけん》か蛇矛《じゃぼう》があればなんとかできるかもしれないんだが、どっちも取り上げられてしまってるしな」

「だいたい、張飛《ちょうひ》さんがわるいんだわ」

夏花《かか》は、壁《かべ》に背中《せなか》をあずけてしゃがみこんでいる張飛《ちょうひ》をにらんだ。

「なんで、あんなへなちょこ鬼卒《きそつ》どもをやっつけられなかったのよ！」

「それがな、どういうわけか、この腕《うで》がいうことをきかなかったんだわ」

張飛《ちょうひ》は、情《なさ》けなさそうな顔つきで、両ひざの上においた腕《うで》を持ち上げようとしたが、ほとんど一、二寸《すん》（一寸《すん》は三センチメートル）しか持ち上がらなかった。

「ほらな。これ以上《いじょう》動かんのだ」

「そんなはずないでしょ」

夏花《かか》は歩みよって手をのばし、張飛《ちょうひ》の腕《うで》を持ち上げようとした。そのとたん、ぎょっとしたように手をひっこめた。

「冷《つめ》たい！　まるで……まるで……死人の手みたい！」

「なんだって⁉」

「どういうことだ」

蒼太《そうたい》と孔明《こうめい》が、おどろいて声を上げた。

そのとき、ガタリとかんぬきをはずす音がして、重い戸が開いた。ひとりの鬼卒《きそつ》がはいってきた。

「安心してください。わたしです」

鬼卒《きそつ》は四人を見まわすと、両手を頭のうしろにまわし、ぎゅっとひっぱった。すると、顔がぱかっとふたつに割《わ》れて、その下から別《べつ》の顔があらわれた。恐《おそ》ろしげな鬼《おに》の顔は、仮面《かめん》だったのだ。

「この人、あのときの人よ！」

夏花《かか》が叫《さけ》んだ。店で話しかけてきた鼻のわきに大きなホクロのある若《わか》い男だった。

「馬面鬼《ばめんき》の手下だったんだ」

蒼太《そうたい》が、にくらしそうに男をにらんだ。

「臨時《りんじ》やといですよ」

男はにがわらいした。

「閻魔《えんま》の庁《ちょう》も近ごろは人手不足《ぶそく》でしてね、鬼卒《きそつ》の数がたりないもんだから、馬《ば》面鬼《めんき》は、わたしのような者を時々やとうんです」

「馬面鬼《ばめんき》は、わたしたちをどうするつもりなんだね」

孔明《こうめい》が聞いた。

「鬼市《きし》には、あんたがたのように、時々生きた人間がまよいこみます。馬面鬼《ばめんき》は、そうした人たちを捕《つか》まえて、人手のたりない閻魔《えんま》の庁《ちょう》におくりこんで、金をもらってるんですよ。このままだと、あんたがたもそうなります。けれど、わたしのたのみをきいてくれれば、助けてあげましょう。それはそうと、わたしがはいってきたとき、大きな声が聞こえましたが、なにかあったんですか」

「この人の腕《うで》が死人のように冷《つめ》たくなって、動かなくなってしまったんだ」

孔明《こうめい》が張飛《ちょうひ》を指さした。

「ははあ。もしかしたら、あなた、酒を飲みませんでしたか」

男は張飛《ちょうひ》に問いかけた。

「飲んだ」

張飛《ちょうひ》はうなずいた。

「いけませんねえ」

男は首をふった。

「この酒は鬼酒《きしゅ》といって、生きた人間が飲むと、体がしだいにかたくなって動かなくなり、冷《つめ》たくなってついには死んでしまいます。死ねば、わたしのようにまた動きまわれますけどね」

「くそっ。じゃあ、腕《うで》が動かないのは酒のせいか……！」

張飛《ちょうひ》が顔色を変《か》えた。

「張飛《ちょうひ》さん、どこでお酒飲んだんです」

蒼太《そうたい》が聞いた。

「銭《ぜに》にはいったふくろを取りにもどったときだ。例《れい》の冥銭《めいせん》とかいう銭《ぜに》が床《ゆか》に三枚《まい》ばかりころがっていたから。そいつをひろって、酒を注文して飲んだのだ」

「まったく、意地きたないんだから」

夏花《かか》が、あきれたようにいいすてた。

「どうにかならないのか」

孔明《こうめい》が男をかえりみた。

「この町にいるかぎり、どうすることもできません。けれど、夜が明けるまでにこの町をでれば、もとのようになります」

「では、急いでここからでなくては。張飛《ちょうひ》どのを死人にするわけにはいかん」

しょんぼりしている張飛《ちょうひ》を心配そうに見やると、孔明《こうめい》はふたたび男に顔を向けた。

「あんたのたのみをきけば、助けてくれるといったが、なにをすればいいんだね」

「はい。わたしは陽徳《ようとく》という者ですが、じつは、こういうわけなのです――」

陽徳《ようとく》と名のった男は、口調をあらためて、自分のたのみの内容《ないよう》を話した。

「わかった。あんたのたのみはかならず実行すると約束《やくそく》する」

話を聞きおえた孔明《こうめい》は、力強くうなずいた。

「ありがとうございます」

陽徳《ようとく》は深々と頭をさげると、立ち上がった。

「あんたがたの馬や武器《ぶき》はうら口にまわしてあります。表通りはまだ人が大勢《おおぜい》でていますから、町のうら門から川にでましょう。川を渡《わた》れば生きてもとの世界にもどれます」

四人は、陽徳《ようとく》のあとにしたがって部屋をでた。張飛《ちょうひ》は、ぎくしゃくと人形のように動きがぎごちなかった。

石段《いしだん》ははばがせまく、ひとりずつしかおりられない。陽徳《ようとく》を先頭に、蒼太《そうたい》、夏花《か》、張飛《ちょうひ》、孔明《こうめい》の順《じゅん》でおりていった。張飛《ちょうひ》は、一段《だん》一段《だん》、たしかめるようにおりていく。体がしだいにかたくなってきているようだ。顔はすっかり青ざめている。

それでもなんとか四人そろっていちばん下までおりることができた。奥《おく》のほうからなにやらにぎやかにさわぐ声が聞こえてくる。

「馬面鬼《ばめんき》が、ほかの鬼卒《きそつ》どもと酒を飲んでるんですよ」

陽徳《ようとく》がささやいた。

「やつは、もうすぐ上へようすを見にきます。さ、早く。うら口はこっちです」

陽徳《ようとく》にうながされて、四人はうら口にまわった。うら口はせまい空き地に面していて、馬とロバは、月明かりに照《て》らされた空き地のすみの立木につながれていた。馬の横腹《よこばら》には蛇矛《じゃぼう》が、ロバの横腹《よこばら》には蒼竜剣《そうりゅうけん》が縄《なわ》でしばりつけてあった。孔明《こうめい》は縄《なわ》をといて蒼竜剣《そうりゅうけん》を背負《せお》った。

「張飛《ちょうひ》さんは？」

夏花《かか》があたりを見まわした。

張飛《ちょうひ》は、がくりがくりとあやつり人形のような足どりで空き地をよこぎってくる。ところが、途中《とちゅう》で止まってしまった。動けなくなったようだ。

「張飛《ちょうひ》さん！」

「しっかりして！」

蒼太《そうたい》と夏花《かか》がかけよった。

張飛《ちょうひ》は、棒《ぼう》のようにつったったったまま、どんよりとした目でふたりを見るばかり。どうやら死体化がだいぶすすんでいるようだ。

「張飛《ちょうひ》どのを馬にのせる。夏花《かか》はロバに乗れ。蒼太《そうたい》がひくんだ」

孔明《こうめい》が張飛《ちょうひ》に馬をよせながらいった。

みんなで張飛《ちょうひ》を持ち上げて、馬の背《せ》にまたがらせ、腹《はら》ばいにさせた。孔明《こうめい》がひき綱《づな》をとり、蒼太《そうたい》が夏花《かか》を乗せたロバの綱《つな》をにぎった。

「こっちです。足もとに気をつけて」

陽徳《ようとく》が先頭に立って歩きだした。

空き地からせまい石ころだらけの道にでた。こっちは町のうら側《がわ》らしく、れんが造《づく》りのそまつな小屋がびっしりとたちならび、そのあいだをせまい道がうねくねと走っている。月が雲に隠《かく》れ、あたりに闇《やみ》が立ちこめたが、夜目がきくのか、陽徳《ようとく》は闇《やみ》の中を右に左にほとんど走るようにして抜《ぬ》けていき、そのあとを孔明《こうめい》が張飛《ちょうひ》をのせた馬を早足で歩ませ、さらにそのあとを蒼太《そうたい》が、馬のひづめの音をたよりに、夏花《かか》が乗ったロバをひいて小走りにかけていく。

「あと少しで川にでます」

陽徳《ようとく》が足を止め、うしろをふりかえった。そのとき、後方からかけよってくる大勢《おおぜい》の足音が聞こえてきた。

「どうやら馬面鬼《ばめんき》が、あんたがたが抜《ぬ》けだしたのに気がついて、追っ手をさしむけたようです。この道をまっすぐ行くと、町のうら門があります。門を抜《ぬ》けて最初《さいしょ》の角を右にまがれば川は目の前です。連中《れんちゅう》に見つかるとまずいので、わたしはここで消えます。くれぐれも約束《やくそく》をわすれないように、お願《ねが》いします」

口早にいうと、陽徳《ようとく》は身をひるがえして闇《やみ》に消えた。

「行くぞ!」

孔明《こうめい》が馬をひいて走りだした。蒼太《そうたい》もロバをひいてあとにつづく。雲間から月がでて、行く手《て》を照らした。

陽徳《ようとく》がいったとおり、しばらく行くと牌楼《ぱいろう》があった。そこを抜《ぬ》けて最初《さいしょ》の角をまがると低《ひく》い土手にぶつかり、土手にのぼると黒くうねる流れが見えた。孔《こう》明《めい》と蒼太《そうたい》は、馬とロバをひいて土手をかけおり、川原をよこぎった。

「夏花《かか》はそのままロバを川に入れろ。ロバが泳いでくれる。蒼太《そうたい》はなんとか自分で泳いで川を渡《わた》りきれ!」

孔明《こうめい》は叫《さけ》ぶと、馬を川にひきいれ、ひき綱《づな》をひきながら泳ぎはじめた。

「さあ、行くのよ!」

夏花《かか》がロバの腹《はら》をけった。けれど、ロバは一歩も動かない。

「どうした。来るときは自分から川にはいってってたじゃないか」

蒼太《そうたい》がひき綱《づな》をひっぱったが、ロバは尻《しり》をうしろにつきだし、足をふんばって抵抗《ていこう》する。

そのとき、背後《はいご》でわあっというわめき声が上がった。見ると、馬面鬼《ばめんき》を先頭に大勢《おおぜい》の鬼卒《きそつ》どもが土手をかけおりてくる。

わめき声におどろいたのか、ロバがいきなり竿立《さおだ》ちになり、夏花《かか》をふりおとして走り去った。蒼太《そうたい》はすぐさまかけよって、夏花《かか》を助けおこした。

「泳げる？」

「なんとか。蒼太《そうたい》は？」

「おれもなんとか。でも、やらなくちゃ」

「そうね。行こう！」

ふたりはくつをぬぎすてると、手を取りあって川にかけこみ、深みにはいったところで泳ぎだした。

「川を渡《わた》らせるな！」

一方、土手をかけおりてきた馬面鬼《ばめんき》は、目をつり上げて鬼卒《きそつ》たちに命じた。

鬼卒《きそつ》たちは、川岸にならび、川面に向かっていっせいに矢をはなった。矢の先には火の玉がぼーっと青白い炎《ほのお》をはなっている。

必死《ひっし》で泳ぐ蒼太《そうた》と夏花《かか》のまわりに、ばしゃばしゃと矢がふりそそいだ。水面におちても火の玉は消えずに、そのままぼーっと光って川面をただよっている。

そのうちのひとつが、夏花《かか》の左手に当たった。

「あっ、痛《いた》！」

夏花《かか》が悲鳴を上げた。

「手が、手が、し、しびれる……！」

夏花《かか》の左手の動きがぱたっと止まった。右手と足だけで懸命《けんめい》に前へすすもうとしたが、流れにおされて思うようにすすまず、そのまま横流れに流されていった。

「夏花《かか》！」

気づいた蒼太《そうたい》が、火の玉をよけながら泳ぎよっていったが、夏花《かか》はどんどん流されていく。そのあいだにも、矢がつぎつぎに飛《と》んできて、水面に青白い火の玉をおとしていく。

「あっ、くそっ」

水をけった足が、火の玉にふれた。とたんに、ドライアイスをうっかり素手《すで》でさわったときのような、するどく冷たい痛《いた》みが走り、しびれて足が動かなくなった。

あわてて両手で水をかいたものの、たちまちごぼっと頭から水中にしずみこみそうになった。すると、目の前にばしゃっと一本の縄《なわ》が飛《と》んできた。

「つかまれ！」

声も同時に飛《と》んできた。少しはなれたところで、孔明《こうめい》が馬を泳がせていた。片手《かたて》で夏花《かか》をかかえている。

蒼太《そうたい》が両手で縄《なわ》をつかむと、孔明《こうめい》は馬をすすめさせた。縄《なわ》は鞍《くら》にむすびつけられているらしく、蒼太《そうたい》はそのまま馬にひっぱられて流れをよこぎり、岸にひきずり上げられた。

孔明《こうめい》は馬を止め、夏花《かか》をおろすと蒼太《そうたい》のもとに歩みよってきた。

「大丈夫《だいじょうぶ》か」

「足がしびれて、動かない」

「そうか」

孔明《こうめい》は、蒼太《そうたい》の両わきに手をいれ、ずるずると川原のまん中あたりまでひきずっていった。そこには張飛《ちょうひ》が大の字になっていて、そのわきに両手をだらんとたらした夏花《かか》がしゃがんでいた。ふたりは顔を見あわせて、ふうっと安心の息をついた。

「この川が、死者の世界と生者の世界との境《さかい》のようだ。やつらは、こっちにはやってこれない」

川面にちらばる青白い火の玉を見つめながら、孔明《こうめい》がつぶやいた。

孔明《こうめい》は、川原を歩きまわり、あちこちにちらばっている小枝《こえだ》を集めて、張飛《ちょうひ》のそばで火をつけた。そして、蒼太《そうたい》と夏花《かか》とともにぬれた着物と体をかわかした。ふたりは、体がかわいていくにつれてねむ気をもよおし、やがてぐっすりと寝《ね》いった。

四

蒼太《そうたい》は、しめったぞうきんのようなもので顔をなでられて、目をさました。目の前に、毛だらけで灰色の大きな顔があった。ロバだ。ぞうきんではなく、ロバに舌《した》で顔をなめられたのだった。

「わっ、よ、よせ！」

蒼太《そうたい》は飛《と》びおきて、あわててロバの顔をおしのけた。ロバはふひひーんとうれしそうにいないた。

「お前、いつの間に？」

たしか、夏花《かか》をふりおとしてどこかへ行ってしまったはずだ。

「この人がつれてきてくれたのだ」

孔明《こうめい》の声がした。見ると、すぐそばに孔明《こうめい》と見知らぬ老人《ろうじん》が立っている。老《ろう》人《じん》はロバの手綱《たづな》を持っていた。

「なあに。わしはなんにもしとらんわい」

老人《ろうじん》はいった。

「朝の散歩《さんぽ》をしていたら、こやつがこの先の川原を手綱《たづな》をひきずってとぼとぼ歩いておったので、手綱《たづな》を取ったら、わしをひっぱるようにして、ここまでやってきたんですわ」

「どうやらこいつ、ひとりで川を渡《わた》ったようだ」

孔明《こうめい》がわらった。

「それはそうと、蒼太《そうたい》、飛《と》びおきたところをみると、足は大丈夫《だいじょうぶ》のようだな」

そういわれて、蒼太《そうたい》ははっと気がついた。両足を屈伸《くっしん》してみる。なめらかに動く。しびれもない。

「なおった!」

「よかったわね、蒼太《そうたい》」

夏花《かか》の声がした。ふりむくと、夏花《かか》が両手をぶらぶらさせてわらいかけてきた。

「ほら、あたしももうなおってる。張飛《ちょうひ》さんもよ」

少しはなれたところで、張飛《ちょうひ》が両手をすばやく交差《こうさ》させながら、蛇矛《じゃぼう》を水車のようにくるくるまわしている。

もう夜はとっくに明けているらしく、あたりは明るかった。川には火の玉はすでになく、静《しず》かな流れにもどっていた。

「あれ?」

おだやかにながれる川面に目をやった蒼太《そうたい》は、思わず声を上げた。

「なんにもない!」

川面は、向こう岸まで目のとどくかぎりなめらかで、大勢《おおぜい》の人でにぎわった通りも、四人がつれていかれた六層《そう》の塔《とう》のような建物《たてもの》も、陽徳《ようとく》に案内《あんない》されて右に左に走りぬけたそまつな小屋の群《む》れも、みんななかった。たいへんな目にあったゆうべの町が、あとかたもなく消えてしまっていた。

「うむ。わたしも、そのことには気がついていた」

孔明《こうめい》がうなずいた。

「このあたりは、昔、戦場《せんじょう》でしてな」

老人《ろうじん》が口をひらいた。

「川をはさんで、何度も何度も戦《いくさ》がくりかえされました。川原には死骸《しがい》が山のようにつみかさなり、川の水は血でまっ赤にそまったということですじゃ。そういう場所には死者の怨念《おんねん》がこもっていて、あやしいことが起こるといわれておりますが、ここもそうでして、時々川の上に鬼市《きし》、つまり死者の町があらわれるんですわ」

蒼太《そうた》と孔明《こうめい》は顔を見あわせた。夏花《かか》と張飛《ちょうひ》も歩みよってきて、老人《ろうじん》の話に聞き耳を立てた。

「鬼市《きし》は、朝には消えてしまいます。時々生きている人間がまよいこみますが、もどってきた人はいないといわれてます。もしや……」

老人《ろうじん》は、四人をじろじろ見まわして、なにかいいかけたが、そこでふっと口をつぐむと、

「じゃ、わしはこれで」

軽く頭をさげて、歩きだした。

「あ、ちょっと待ってください」

孔明《こうめい》があわてぎみによびとめた。

「なんですかな」

老人《ろうじん》は足を止めてふりかえった。

「桃花村《とうかそん》というのは、この近くでしょうか」

「桃花村《とうかそん》なら、ここから十里（この時代の一里は約《やく》四一五メートル）ばかりのところですわ。川に沿《そ》って行けばすぐ分かる」

「そうですか。その村に、陽大《ようだい》という人はいますか」

「陽大《ようだい》ですと？　あんた、あの人の知りあいかの？」

老人《ろうじん》は、警戒《けいかい》するように孔明《こうめい》を見やった。

「いいえ、そうじゃありません。ちょっとお会いして聞きたいことがあるんですが、どんな人か、知りたかっただけです」

「そうじゃったか」

老人《ろうじん》はほっとしたようにうなずき、

「その人はたしかに桃花村《とうかそん》におる。どんな人かは、まあ、会ってみれば分かるじゃろう」

そういって、そそくさと行ってしまった。

「なんだか、変《へん》ね。こわがってるみたい」

夏花《かか》が首をひねった。

「その村で、よっぽど力を持ってる人なんじゃないか」

蒼太《そうたい》がいった。

「まあ、どんな人だろうと、会わなくちゃならないね、陽徳《ようとく》さんとの約束《やくそく》だから」

孔明《こうめい》は、三人を見まわした。

――わたしは、桃花村《とうかそん》の者です。父親の弟にあたる叔父《おじ》の陽大《ようだい》に殺《ころ》されました。けれど、叔父《おじ》はだれにも疑《うたが》われずに、桃花村《とうかそん》でのうのうと暮《く》らしています。叔父《おじ》の罪《つみ》をあばき、わたしのうらみを晴らしてくれれば、あんたがたを助けてあげましょう。

馬面鬼《ばめんき》に捕《とら》われた四人に、陽徳《ようとく》はそういったのだ。そして、陽徳《ようとく》の助けで鬼《き》市《し》を逃《に》げだし、こうしてなんとか助かったのだから、約束《やくそく》を果《は》たさなければならない。

「心配するな。めんどくさいことになったら、おれがこれでたたきのめしてやるわ」

すっかり元気になった張飛《ちょうひ》が、蛇矛《じゃぼう》をどんとついた。

四人はそれから、老人《ろうじん》に教えられたとおり、川に沿《そ》って桃花村《とうかそん》に向かった。

一時《とき》（二時間）ほどで村に着いた。陽大《ようだい》の屋敷《やしき》は、村いちばんといってよいほどの大邸宅《だいていたく》だった。

「あなたたちは、どなたです。わしになんのご用ですかな」

四人をむかえた陽大《ようだい》は、色白で丸顔、まゆ毛も目じりもさがった人のよさそうな顔つきをしていた。ことばつきものやわらかで、とても陽徳《ようとく》をおとしいれて罪《つみ》を着せるような人間には見えない。

「われらは、閻魔《えんま》の庁《ちょう》よりまいった役人である」

孔明《こうめい》が、芝居《しばい》がかった調子でおごそかにいいはなった。

蒼太《そうたい》と夏花《かか》はお供《とも》といったかっこうで孔明《こうめい》の両わきにひかえ、張飛《ちょうひ》は少しさがって、蛇矛《じゃぼう》を手に直立不動の姿勢《しせい》で陽大《ようだい》をにらみつけていた。その張《ちょう》飛《ひ》のはば広い背《せ》に隠《かく》れるようにして、顔に黒い布をたらした人が立っていた。

「そのほうの甥《おい》の陽徳《ようとく》のうったえにより、取りしらべにまいった」

孔明《こうめい》は、ことばをつづけた。

「申しわけないが、下手なお芝居《しばい》につきあっているひまはありませんので、失礼《しつれい》させてもらいますよ」

陽大《ようだい》は、ことばつきだけていねいにいうと、奥《おく》にひっこもうとした。

そのとたん、

「動くな。だまって聞け！」

ひげをふるわせて、張飛《ちょうひ》がさっと蛇矛《じゃぼう》をつきだした。切っ先が陽大《ようだい》の胸先《むなさき》一寸《すん》ばかりのところでぴたりと止まった。

「ひっ」

陽大《ようだい》は、石のようにその場にかたまった。

「三年前そのほうは、織《お》った布《ぬの》を売りに、陽徳《ようとく》といっしょに県城《けんじょう》に行った。宿に泊《と》まった際《さい》、旅の男から玉翡翠《ぎょくひすい》を見せられ、どうしてもほしくなって、男を短刀で刺《さ》しころして玉をうばった。そして、同じ短刀で寝《ね》ている陽徳《ようとく》を刺《さ》しころし、その短刀を陽徳《ようとく》の手に持たせた。そうしておけば、旅の男と陽徳《ようとく》が争《あらそ》って、おたがいに殺《ころ》しあったと思わせられるからな。そのあと、そのほうは行方《ゆくえ》をくらました……」

孔明《こうめい》は、陽徳《ようとく》から聞いたことをそのまま口にしていった。

——閻魔《えんま》の庁《ちょう》には、閻魔帳《えんまちょう》というものがあって、生きている人間の行いが、どんな小さなことでも記録《きろく》されているんです。わたしは、知りあいの役人にたのんで、叔父《おじ》の記録《きろく》を調べてもらいました。それで、叔父《おじ》がわたしをおとしいれたことがわかったんです。

陽徳《ようとく》はそういっていた。

「玉は、王侯貴族《おうこうきぞく》もほしがる高価《こうか》な宝石《ほうせき》だ。そのほうは、うばった玉を売りはらって村にもどった。両親や村人たちには、陽徳《ようとく》は帰る途中盗賊《とちゅうとうぞく》に捕《つか》まって殺《ころ》されたといっておいた。そして、玉を売った金でこの屋敷《やしき》を手にいれ、ぜいたくな暮《く》らしをはじめた。これにまちがいはないな」

孔明《こうめい》がしゃべっていくにつれ、陽大《ようだい》の顔つきが変《か》わっていった。顔色は青ざめ、頬《ほお》はひきつり、口もとはぶるぶるふるえている。

「な、なんで、そんなことまで知ってるんだ。だれにも知られていないはずなのに……」

うめくようなつぶやきがその口からもれた。

「閻魔《えんま》の庁《ちょう》にはな、きさまのやったことがすべて記録《きろく》されているのだ」

張飛《ちょうひ》が蛇矛《じゃぼう》をさっとふり上げた。

「さあ、うそいつわりのないところを白状《はくじょう》しろ。さもないと、この蛇矛《じゃぼう》で八《や》つ裂《ざ》きにしてくれるぞ！」

「ひぇっ。ど、どうか、ごかんべんを」

陽大《ようだい》は、蛙《かえる》のようにその場にはいつくばった。

「欲《よく》にかられて、甥《おい》の陽徳《ようとく》を殺《ころ》したこと、ま、まちがいありません。お許《ゆる》しください……」

そのことばの終わらないうちに、張飛《ちょうひ》のうしろにいた人が、顔の布《ぬの》をはねのけながら走りよってきて、陽大《ようだい》になぐりかかった。

「きさま、よくも、よくも、陽徳《ようとく》を！」

「あっ、兄さん！」

陽大《ようだい》は、ぱっとはねおきると、身をひるがえして逃《に》げようとしたが、張飛《ちょうひ》がすばやく蛇矛《じゃぼう》の柄《え》でたたきふせた。陽大《ようだい》はぐうっとうめいて、のびてしまった。

孔明《こうめい》たちは、陽大《ようだい》の屋敷《やしき》に来る前に、陽徳《ようとく》の両親の家によってすべてを話し、父親の前で陽大《ようだい》に白状《はくじょう》させようと、いっしょにつれてきたのだ。顔に布《ぬの》をたらしたのは、陽大《ようだい》にさとらせないためだった。

「さてと、これで約束《やくそく》は果《は》たした。一杯《ぱい》やりたいところだが……」

張飛《ちょうひ》が、一同を見まわしながら、にやりとわらった。

「まあ、こんどばかりはやめとくか。また死人になってはいかんからな」

いけにえなんて、ごめんだよ

一

陽徳《ようとく》との約束《やくそく》を果《は》たした一行は、また街道《かいどう》もどった。

「それにしても、陽大《ようだい》ってずいぶんひどい男ねえ」

「まったくだよ。いくら欲《よく》のためだったって、自分の甥《おい》を殺《ころ》してしまうなんて、ひどすぎるよ」

「いやいや、世の中には、陽大《ようだい》なんか足もとにもおよばないほどひどい人間もいるさ」

「あら、じゃあ孔明《こうめい》さんは、もっとひどい人を知ってるの？」

「そうだなあ。さしずめ呂布《りょふ》なんかは、そうだね」

「呂布《りょふ》っていえば、『三国志《さんごくし》』の英雄《えいゆう》のひとりですよね。関羽《かんう》さんと張飛《ちょうひ》さんがふたりがかりで攻《せ》めたてても、勝負がつかなかったんじゃなかったっけ」

「そう。万夫不当《ばんぷふとう》、つまり、多くの者があたってもかなわないほどの勇者《ゆうしゃ》だったけれど、行いがあまりほめられたものではなかった。養父《ようふ》の丁原《ていげん》と董卓《とうたく》が争《あらそ》ったとき、董卓《とうたく》からさしだされた金銀財宝《ざいほう》に目がくらんで、丁原《ていげん》を殺《ころ》し、董卓《とうたく》についた。そして、こんどは、董卓《とうたく》の愛人《あいじん》の美女に目がくらんで、董卓《とうたく》を殺《ころ》してしまったのだ」

「たしかにひどいわねえ」

「その後、呂布《りょふ》は軍勢《ぐんせい》をひきいてあちこちで戦《たたか》ったが、最後《さいご》は曹操《そうそう》に敗《やぶ》れ、捕《つか》まってしばり首になった」

夏花《かか》と蒼太《そうたい》と孔明《こうめい》の三人は、楽しげに語りあっていたが、ひとり張飛《ちょうひ》だけは、ふきげんそうにむっつりとおしだまっていた。

「呂布《りょふ》の乗っていた馬は赤兎馬《せきとば》といって、天下一の名馬だったんだ。

今は関羽《かんう》さんが乗っている。そうですよね、張飛《ちょうひ》さん」

蒼太《そうた》が声をかけても、口をへの字にむすんで、「うむ」とうなずくだけだった。

三人は、おかしそうに顔を見あわせた。張飛《ちょうひ》のふきげんなわけを知っているからだ。

陽徳《ようとく》の父親は、陽大《ようだい》の罪《つみ》をあばいてくれた四人に大いに感謝《かんしゃ》して、盛大《せいだい》にもてなしてくれた。もちろん、ごちそうだけでなく、酒もでた。けれど、「こんどばかりはやめておく」といった手前、張飛《ちょうひ》は一滴《てき》も飲まなかった。

「張飛《ちょうひ》どの、そう意地をはらなくてもいいではないですか。きげんよく一杯《ぱい》やったらどうです」

孔明《こうめい》にすすめられても、

「いや、男がいったん口にだしたことはまもらにゃならん」

と、にが虫をかみつぶしたような顔つきで、そっぽを向いた。

そんなわけで、うっかりもらしたひとことで酒が飲めなかったために、ふきげんになっているのだった。

けれど、そのふきげんも、一時《とき》（約《やく》二時間）ほどしかつづかなかった。行く

手に酒店の旗《はた》を見つけるや、

「もう、がまんができん！」

と叫《さけ》んで、ひき綱《づな》を放りなげると、いっさんに走っていった。

孔明《こうめい》たちが酒店に着いたときには、張飛《ちょうひ》はひげをしごきながら、幸せそうに杯《さかずき》をかたむけていた。

「やっぱり、張飛《ちょうひ》さんは、そのかっこうがいちばんしっくりくるわよ」

夏花《かか》が、なんだかほっとしたようにいった。

「そうだね」

蒼太《そうたい》がうなずいた。

「ふう。生きかえったぜ」

張飛《ちょうひ》が杯《さかずき》をおいて、息をついた。

「もう二度と酒をやめるなんていわないほうがいいですよ」

孔明《こうめい》がわらいながら忠告《ちゅうこく》した。

「そうする」

張飛《ちょうひ》が子どものようにすなおにうなずいたので、三人はぷっと吹《ふ》きだした。

張飛《ちょうひ》のきげんもなおったので、一行は酒店をでて街道《かいどう》にもどった。しばらく行くと、こんどは孔明《こうめい》が、いきなり馬から飛《と》びおりたかと思うと、いっさんにかけだした。

「いかん。軍師《ぐんし》のわるいくせがでた。ここんとこおさまっていたんだがな」

張飛《ちょうひ》が舌打《したう》ちした。見ると、少し行ったところで数人の男たちがかたまって、なにやらいいあらそっていた。

「待て、待て！　争《あらそ》いはやめろ！」

大声で叫《さけ》びながら、孔明《こうめい》は男たちにまっしぐらに向かっていく。争《あらそ》いごとのきらいな孔明《こうめい》は、けんかや言いあらそいを見ると、がまんができなくなって、むりやり仲裁《ちゅうさい》にはいろうとするのだ。そして、たいていは失敗《しっぱい》する。

「また、しょげてしまわないかしら」

夏花《かか》が心配そうにつぶやいた。仲裁《ちゅうさい》に失敗《しっぱい》すると、孔明《こうめい》は塩《しお》をかけられたナメクジみたいに、しょげかえってしまうのだ。

「なんとかしなくちゃ」

蒼太《そうたい》は、ロバの腹《はら》をけって孔明《こうめい》のあとを追った。

「まったくやっかいな軍師《ぐんし》どのだよ」

ぼやきながら、張飛《ちょうひ》も馬をひいてつづいた。

三人がかけよったときには、孔明《こうめい》は、もう男たちのあいだにわってはいって、両手をふりまわしながらわめいていた。

「やめろ、やめろ、話せば分かるはずだ。争《あらそ》いはやめろ！」

男たちは、おどろいたようにぱっと二手にわかれた。見ると、一方は三人の若《わか》い男で、もう一方は四十歳《さい》すぎの男だった。三十歳《さい》ぐらいの女と蒼太《そうたい》や夏花《かか》より二つ三つ年下の男の子と女の子を背中《せなか》でかばうようにして、立っていた。

「ありがとう。よくいうことをきいてくれた」

孔明《こうめい》は、うれしそうににこりとした。

「それで、なにが原因《げんいん》で争《あらそ》っていたのかな。よかったら、わたしが仲裁《ちゅうさい》してあげよう」

「よけいな口だしはしねえでくれ！」

若者《わかもの》のひとりが、孔明《こうめい》をにらみつけた。

「よそ者はすっこんでろ」

「そうだ、そうだ。これはおれたちの問題だで」

ほかの若者《わかもの》もいっせいに口をそろえた。

「軍師《ぐんし》どのが、親切に仲裁《ちゅうさい》してやろうというのに、文句《もんく》あるか!」

張飛《ちょうひ》がひげを逆《さか》だててずいっと前にでると、若者《わかもの》たちはひるんで、あとずさった。

「まあ、まあ、そうおどさなくとも」

孔明《こうめい》はにがわらいして張飛《ちょうひ》を制《せい》すと、若者《わかもの》たちに向きなおった。

「とにかく、争《あらそ》いのわけを話してくれないか。よそもののほうが、かえって問題を解決《かいけつ》することができるかもしれない」

「こいつが、村の掟《おきて》を破《やぶ》ったんだ!」

「そうだ!」

「とんでもねえやつだぞ、こいつは!」

若者《わかもの》たちが、女や子どもたちをかばっている男を指さして、いっせいにわめきたてた。

すると、男がいきなりその場にひざまずき、地面に額《ひたい》をすりつけた。

「お願《ねが》いだ。どうか見のがしてくれ。このとおりだ」

「お願《ねが》いです」

「お願《ねが》い」

「お願《ねが》いします」

女とふたりの子どもも、男と同じようにした。男の妻《つま》と子どものようだ。

「ならねえ相談だな。村がとんでもないことになる」

「お前たちを見のがせば、かわりの者をださなきゃならねえ」

「ほかの者を犠牲《ぎせい》にしても、自分たちだけ助かればいいんかよ」

若者《わかもの》たちは、そっけなく首をふった。

「なにがどうなってるのよ！　ちゃんと説明《せつめい》して！」

夏花《かか》がいらだたしげに叫《さけ》んだ。

「分かりやすく説明《せつめい》しろ」

張飛《ちょうひ》がぎろりと若者《わかもの》たちに目をむいた。

「へえ」

若者《わかもの》のひとりが、気圧《けお》されたように腰《こし》をかがめて話しだした。

「おれたちの村のうしろにそびえる山には、昔から申陽公《しんようこう》という神さまがお住まいになっておられます。強い力を持った神さまで、太陽をはじめ、風や雲、雨などを思いどおりにあやつることができになられるんでがす。

申陽公《しんようこう》のごきげんのいいときには、天気もおだやかで、作物のできもよく、村人たちの暮《く》らしも楽になります。けんど、申陽公《しんようこう》のごきげんをそこねると、天気は荒《あ》れ、作物は育たず、村の暮《く》らしはどん底《ぞこ》におちいって、うえじにする者もでてきます。

そこで村では、申陽公《しんようこう》のごきげんをそこねないように、毎年いけにえをさしだして、作物がよく育ち、村の暮《く》らしが楽になるようにと、お願《ねが》いしてきやした。いけにえは、はじめは鹿《しか》や猪《いのしし》なんかでしたけど、あるとき、三年つづけて大凶作《だいきょうさく》になり、村が死にたえそうになったことがあったそうで、そのときに、村じゅうで相談して、子どもをふたりいけにえにささげたところ、明くる年から は豊作《ほうさく》がつづいたんだそうでやす」

「ちょっと待って。なんでいけにえの子どもがふたりなの？」

夏花《かか》が聞いた。

「申陽公《しんようこう》にはおきさきさまがおられるで、おふたりにそれぞれいけにえをささげるんでやす」

若者《わかもの》はそう答えて、先をつづけた。

「それからというもの、毎年ふたりの子どもをいけにえにささげることになったというわけで、村の家では、かわりばんこにいけにえの子どもをだすことが村の掟《おきて》となりやした。子どものいない家は、大金をはらってでもよその子どもを買ってこなければならないんでがす」

「そんなのにこの男は、今年いけにえをだす順番《じゅんばん》になっていたのに、村の掟《おきて》を破《やぶ》って、子どもをつれて村から逃《に》げだしたんだ。それでおれたちは、村長《むらおさ》の命《めい》令《れい》で、こいつらをつれもどしに来たんだ！」

もうひとりの若者《わかもの》が叫《さけ》んだ。

「掟《おきて》、掟《おきて》っていうけんど、いけにえをさしだしても、天気がよくならないで作物のできがわるく、苦労《くろう》した年が何度もあったじゃねえか。だから、おれは、いけにえをだしてもだささなくてもおんなじじゃねえかと思って、家族をつれて村をでたんだ！」

男が顔を上げて、いいかえした。

「そんなの、屁理屈《へりくつ》だ！」

「天気がよくならなかったのは、申陽公《しんようこう》がいけにえを気にいらなかったからだ」

「自分勝手もいいかげんにしろや！」

若者《わかもの》たちは、いきりたって、男に飛《と》びかかろうとした。

「まあまあ、おちついて、おちついて」

孔明《こうめい》があいだにはいって、なんとか止めた。

「軍師《ぐんし》。仲裁《ちゅうさい》はあきらめたほうがいい」

張飛《ちょうひ》が孔明《こうめい》をかえりみた。

「こりゃあ、よそものがおいそれと解決《かいけつ》できるような問題じゃない」

「うーん。たしかに、そういわれればそうなんだが――」

孔明《こうめい》は、たちまち青菜《あおな》のようにしおれてしまった。がくりと首をたれて、その場をはなれた。

「できるわよ！」

そのとき夏花《かか》が叫《さけ》んだ。

二

「解決《かいけつ》できるわよ」

夏花《かか》は、自信《じしん》たっぷりにくりかえした。

「解決《かいけつ》って、どうするんだよ」

蒼太《そうたい》が聞いた。

「あの子たちのかわりに――」

夏花《かか》は、男の背中《せなか》に隠《かく》れるようにしている男の子と女の子を指さした。

「あたしたちがいけにえになればいいのよ」

「なんだって⁉」

蒼太《そうた》がおどろきのあまり、口をあんぐりあけた。

「お前、いけにえの意味知っていってるのかよ！」

気を取りなおして、蒼太《そうた》は夏花《かか》にくってかかった。

「生きたまま食われてしまうんだぞ！」

「ばかにしないで。そんなことぐらい知ってるわよ！」

夏花《かか》がいいかえした。

「だったら、なんで……」

「いいから、だまってあたしのいうこと、聞きなさいよ！」

夏花《かか》は、ぴしゃりと蒼太《そうた》の口を封《ふう》じた。

「分かったよ。いいたいだけいいなよ」

蒼太《そうた》はぷっとふくれて、横を向いた。

「あたしがいいたいのは、申陽公《しんようこう》って、どうもあやしいってこと」

夏花《かか》は、口調をあらためて、いった。

「どうあやしいんだ」

張飛《ちょうひ》が口をはさんだ。

「天候《てんこう》は自然現象《しぜんげんしょう》だから、神さまが天候《てんこう》を左右するなんて、ありえない。迷信《めいしん》よね。まあ、この時代だからしようがないけど。でも、迷信《めいしん》は迷信《めいしん》として、村をまもってやるからいけにえをよこせなんて、神さまのすることじゃないような気がする。にせものよ、きっと。もしかしたら妖怪《ようかい》かもしれない」

「よしてくれ。また、妖怪《ようかい》かよ」

張飛《ちょうひ》がまゆをしかめた。

「とにかく、神さまか妖怪《ようかい》か、それをたしかめるには、あたしと蒼太《そうたい》がいけにえとして乗りこむしかないわ。張飛《ちょうひ》さんの蛇矛《じゃぼう》と孔明《こうめい》さんの蒼竜剣《そうりゅうけん》があれば、絶対大丈夫《ぜったいだいじょうぶ》よ」

「だからって、よけいなおせっかいをする必要《ひつよう》ないだろ」

蒼太《そうたい》が夏花《かか》をふりむいた。

「いけにえなんて、ごめんだよ」

「なにいってんのよ！」

夏花《かか》は蒼太《そうた》をにらみつけた。

「あたしたちがなんとかしてあげないと、毎年ふたりの子どもがぎせいになるのよ。そんなこと、絶対許《ぜったいゆる》せない！」

夏花《かか》の正義感《せいぎかん》が爆発《ばくはつ》した。

「それに、このままほっといたら、孔明《こうめい》さん、がっかりして、元気なくしちゃうじゃない」

夏花《かか》は孔明《こうめい》を指さした。さっきから孔明《こうめい》は、みんなとはなれたところで腕《うで》を組み、首うなだれてしょんぼりしている。

「たしかに、争《あらそ》いを仲裁《ちゅうさい》できなかったら、軍師《ぐんし》の面目《めんぼく》まるつぶれだろうな」

張飛《ちょうひ》がうなずいた。

「しかし、妖怪《ようかい》の相手はもうかんべんしてもらいたいわ」

「そんなこといわないで、お願《ねが》い、力を貸《か》して。孔明《こうめい》さんのためなんだから」

「まあ、しかたないか」

張飛《ちょうひ》はしぶしぶうなずいた。

「よかった。蒼太《そうた》はどうなの？」

「分かった」

蒼太《そうたい》もうなずいた。夏花《かか》がいったんこうだといいだしたら、絶対《ぜったい》にあきらめないことは、これまでの経験《けいけん》で分かりすぎるほど分かっていた。

「ありがとう。孔明《こうめい》さん、孔明《こうめい》さん、こっちへ来て」

夏花《かか》は、にっこりわらうと、孔明《こうめい》を手招《てまね》きした。

「えっ、ほんとかい⁉」

孔明《こうめい》は、夏花《かか》からあらためていけにえの身がわりのことを聞かされて、目をまるくした。

「ふたりとも、それでいいんだね」

「もちろんよ。ねえ、蒼太《そうたい》」

「ああ……うん」

「そうか。ありがとう、ありがとう。これで争《あらそ》いがおさまる」

孔明《こうめい》は夏花《かか》と蒼太《そうたい》の手を握《にぎ》ると、若者《わかもの》たちや男とその家族によびかけた。

「みなさん、身がわりのいけにえをだしますから、もう争《あらそ》いはやめてください」

「まさか」

「本気かよ」

「いいかげんなこといっててんじゃねえのか」

若者《わかもの》たちは、信《しん》じられないといったようすで、顔を見あわせた。

男と妻《つま》とふたりの子どもは、ぱっと顔をかがやかせて、孔明《こうめい》たちのもとにかけより、なみだをうかべながら、

「ありがとうございます、ありがとうございます」

と、米つきバッタのようにせわしなく頭をさげつづけた。

若者《わかもの》たちは、頭をよせあってなにやら話しあっていたが、話がまとまったのか、ひとりが孔明《こうめい》たちのところにやってきた。

「いけにえの身がわりのことは、おれたちだけではきめられません。村長《むらおさ》と相談しますんで、いっしょに村まで来てくだせえ」

若者《わかもの》は腰《こし》をかがめていった。

「もちろんだ」

孔明《こうめい》はにこにこしながらうなずいた。自分の仲裁《ちゅうさい》が成功《せいこう》したので、上きげんだった。

——いけにえだなんて、やってらんないよなあ……。

蒼太《そうたい》は、うれしそうな孔明《こうめい》の横顔を見やって、胸《むね》の中でぼやいた。

——夏花《かか》も夏花《かか》だ。よけいなおせっかいをしなけりゃいいのに。

正義感《せいぎかん》が強いのはいいけど、時と場合による。たしかに、いけにえなんて残酷《ざんこく》だし、なんとかしてやりたいが、かわりに自分たちがいけにえになるなんて！　張飛《ちょうひ》の蛇矛《じゃぼう》と孔明《こうめい》の蒼竜剣《そうりゅうけん》があれば、なんとかなるだろうが、万一ということもある。

——ほんとうに、いけにえになっちゃったりして……。

蒼太《そうたい》は、わるい予感にぶるっとふるえた。いい予感はたいていはずれるけれど、わるい予感は当たる確率《かくりつ》が高い。

蒼太《そうたい》のそんな気持ちをよそに、孔明《こうめい》は夏花《かか》を馬に乗せると、自分もまたがり、

「さあ、行こうか！」

と、元気よくみんなをうながした。

それから一時《とき》（二時間）あまりののち、一行は村に着いた。まわりを山にかこまれた草深い山里だった。

「あれが申陽公《しんようこう》のおられる神山《かみやま》でがす」

若者《わかもの》のひとりが、村の東側《がわ》にそびえるひときわ高い山を指さした。

「中腹《ちゅうふく》に、申陽公《しんようこう》のお住まいがありやす」

べつの若者《わかもの》がいった。蒼太《そうた》は目をこらしてみたが、樹木《じゅもく》がしげっていて、建《たて》物《もの》らしいものは見えなかった。

四人は、村長《むらおさ》の家に案内《あんない》された。若者《わかもの》たちの口から、身がわりのいけにえのことが伝《つた》わったらしく、村人たちがぞろぞろと四人のあとについてきた。四人を指さして、口々にしゃべりあっている。

村長《むらおさ》は、五十歳《さい》ぐらいのがっしりとした男だった。

「ほんとうにいいんですかい？」

若者《わかもの》たちから話を聞いた村長《むらおさ》は、おどろいた顔つきで、孔明《こうめい》に念《ねん》をおした。

「もちろん」

孔明《こうめい》はうなずいた。

「そうですか。そりゃまあ、金をはらっていけにえの子どもを買ってくる者もいるから、身がわりのいけにえはなんの問題もありませんが、しかし、なんの見かえりもなしにいけにえの身がわりになろうなんて、ずいぶん思い切ったことをなさいますなあ」

「なあに。申陽公《しんようこう》だろうがなんだろうが、いけにえに指一本ふれさせるものか。おれさまの蛇矛《じゃぼう》のひとふりで追っぱらってくれる」

張飛《ちょうひ》がそういったとたん、村長《むらおさ》が顔色を変《か》えた。

「ちょっと、ちょっと。そんなことをしてもらっては困《こま》ります。万が一にも申《しん》陽公《ようこう》を怒《おこ》らせるようなことにでもなると、村にわざわいがふりかかりますで」

「わかってます。村にめいわくがかかるようなことはしませんからご安心を」

孔明《こうめい》が張飛《ちょうひ》に目くばせして、村長《むらおさ》をなだめた。

「ほんとうにたのみますよ」

村長《むらおさ》はまだ疑《うたが》わしそうだったが、孔明《こうめい》がもう一度安心するようにいうと、やっと顔色をやわらげた。

「それで、いけにえは、いつつれていかれるんですか」

「今夜、申陽公《しんようこう》にいけにえをささげる儀式《ぎしき》を取りおこなったあと、明日の朝早く神山《かみやま》に運びます」

村長《むらおさ》はいった。

「それまでは、ゆっくりいけにえと別《わか》れをおしんでください」

三

その夜、蒼太《そうたい》はなかなかねむれなかった。広場の方から、太鼓《たいこ》や銅鑼《どら》などの音にあわせて、ひなびた歌声が聞こえてくる。

――いつまでやってるんだ。こっちはいけにえだっていうのに……。

と、腹立《はらだ》たしい気分だったが、ほんとうのいけにえだったら、悲しくて泣《な》くばかりで、なにも耳にはいらないにちがいないと思った。

蒼太《そうたい》は、これまでのことを思いかえした。

あれからすぐに蒼太《そうたい》と夏花《かか》は、孔明《こうめい》と張飛《ちょうひ》からはなされて、村の近くを流れている川につれていかれ、禊《みそ》ぎをさせられた。神さまにささげるために、きれいな水で全身を洗《あら》いきよめ、けがれをおとすのだ。終わると、きれいな白い着物に着がえさせられ、村の広場につれていかれた。

広場には、おとなも子どもも老人《ろうじん》も、村じゅうの人がつめかけ、中央にきずかれた正方形の祭壇《さいだん》を取りまいてがやがやとざわめいていた。蒼太《そうたい》と夏花《かか》が姿《すがた》をあらわすと、ざわめきがやみ、村人たちの視線《しせん》がいっせいにふたりにそそがれた。

蒼太《そうたい》と夏花《かか》は、祭壇《さいだん》にのぼらされ、そなえてあったいすにすわらされた。村人たちは、ふたりを指さしながら、またがやがやとざわめきだした。

「しっ、静《しず》かに！」

するどい声が広場にひびきわたった。ざわめきが一瞬《いっしゅん》のうちにやんだ。

村長《むらおさ》を先頭に、六人の者たちが一列になって広場にはいってきた。六人は人びとのあいだをぬって祭壇《さいだん》に歩みよった。祭壇《さいだん》の前で横一列にならんだ。村長《むらおさ》のほかは、白髪《はくはつ》の老婆《ろうば》ひとりと四人の若《わか》い女で、五人とも白い着物を着ていた。

「はじめろ！」

村長《むらおさ》が叫《さけ》んだ。

すると、白髪《はくはつ》の老婆《ろうば》が祭壇《さいだん》にのぼった。そして、いのりのようなことばをぶつぶつつぶやきながら、蒼太《そうたい》と夏花《かか》のまわりをゆっくりとまわった。時々足を止め、ぱっぱっとなにかをふたりにふりかけるしぐさをする。蒼太《そうたい》と夏花《かか》は、そのたびに体をのけぞらせたが、なにもふりかからなかった。

けれど老婆《ろうば》は、

「よけるでない！」

と、しわがれ声を上げて、ふたりをにらみつけた。

「申陽公《しんようこう》さまにおいしく召《め》し上《あ》がっていただくために、そなたたちによい味をつけているのじゃ」

どうやらそれは、味つけの儀式《ぎしき》のようだった。

「申陽公《しんようこう》って、グルメなのかしらね」

夏花《かか》が冗談《じょうだん》っぽくささやいたが、蒼太《そうたい》はわらう気にはなれなかった。わるい予感がますます高まってくる。首をのばして広場を見まわしてみたが、まわりを取りまいている人の群《む》れの中には、孔明《こうめい》のすらりとした長身も、張飛《ちょうひ》のひげ面も見えなかった。

老婆《ろうば》は、蒼太《そうたい》と夏花《かか》のまわりを五回まわると、祭壇《さいだん》をおりた。そして、祭壇《さいだん》の前にひざまずき、また、いのりのことばを声高にとなえはじめた。四人の若《わか》い女たちも、老婆《ろうば》にならってひざまずき、同じように声を上げた。すると、祭壇《さいだん》を取りまいていた人たちも、いっせいにひざまずき、老婆《ろうば》と女たちにあわせていのりだした。広場じゅうに、歌うような、泣くようないのりの声がひびきわたった。

しばらくして、いのりの声がやんだ。老婆《ろうば》と四人の女たちは立ち上がり、一列になって人びとのあいだを抜《ぬ》け、広場をでていった。それを見おくって、人びとがゆっくりと立ち上がった。

村長《むらおさ》が祭壇《さいだん》にのぼった。

「みなの衆《しゅう》、よろこべ。見てのとおり、今年も無事《ぶじ》に申陽公《しんようこう》にいけにえをささげることができるぞ。これで今年は豊作《ほうさく》まちがいなし。さあ、祝《いわ》いだ、祝《いわ》いだ!」

わあっという歓声《かんせい》が上がった。

それから、料理《りょうり》や酒がつぎつぎに運びこまれて、広場は宴会場《えんかいじょう》になった。村人たちは、食べて飲んで歌っておどって、来たるべき豊作《ほうさく》を祝《いわ》った。

蒼太《そうた》と夏花《かか》は、祭壇《さいだん》からおろされ、村はずれの小屋につれていかれた。むきだしの寝台《しんだい》がふたつあるだけの小さな小屋だった。祭壇《さいだん》の前で老婆《ろうば》といっしょにいのりを上げていた四人の女たちが、食事と水と寝具《しんぐ》を運んできた。いけにえの世話をする役目も受けもっているらしい。

四人は、蒼太《そうたい》と夏花《かか》が食事を終えたころにまたやってきた。

「ねえ、申陽公《しんようこう》って、ほんとにいるの？」

「申陽公《しんようこう》を見たことある？」

「いけにえをそなえれば、ほんとに豊作《ほうさく》になるの？」

「毎年子どもをふたりいけにえにとるなんて、ひどいと思わない？」

「申陽公《しんようこう》なんて、ほんとはいないんじゃないの？」

夏花《かか》がつぎからつぎへと語りかけたが、いけにえとしゃべるのを禁《きん》じられているのか、四人ともまったく口をきかず、食器《しょっき》をかたづけ、そそくさと寝《しん》台《だい》をととのえてでていってしまった。小屋には外からかんぬきがかけられた。

「感じわるーい」

夏花《かか》はぷうっとふくれて、どしんと寝台《しんだい》に体を投げだした。

「ちょっとくらい口きいたっていいじゃない」

「それより、孔明《こうめい》さんと張飛《ちょうひ》さんはどうしたんだろう」

蒼太《そうたい》は、広場にふたりの姿《すがた》が見えなかったことが気になった。禊《みそ》ぎにつれていかれてから、ふたりには会っていなかった。

「村の人たちといっしょになって、食べたり飲んだりしてるわよ」

夏花《かか》はまったく気にしていなかった。

「なによ、心配そうな顔して。大丈夫《だいじょうぶ》だったら。あしたちゃんと助けにきてくれるわよ。そして、申陽公《しんようこう》の正体をあばくのよ。そうしないと、いけにえなんていう野蛮《やばん》な習慣《しゅうかん》がいつまでもつづくしね」

「まあ、そうだけど」

蒼太《そうたい》はうなずいたが、不安が燃《も》えかすのように胸《むね》の底《そこ》にくすぶっていた。

そうして、ねむれないままに、遠くから聞こえてくる広場のにぎわいに神経《しんけい》をとがらせていたのだった。

「蒼太《そうたい》、まだ寝《ね》ないの」

先に寝《ね》ていた夏花《かか》が起きだしてきた。

「あきれた。まだやってる」

広場から聞こえてくるざわめきに、夏花《かか》は顔をしかめた。

「いけにえの気持ちなんか、どうでもいいのかしら。村のためにぎせいになるっ

ていうのに。あたしたちが身がわりになってやった家族が逃《に》げだしたのも、無理《むり》ないわよね」

口をとがらせて夏花《かか》は憤慨《ふんがい》した。

「でも、もうそれも明日でおしまい。蒼太《そうたい》も早く寝《ね》なさいよ」

「ああ。おやすみ」

蒼太《そうたい》はうなずいて寝台《しんだい》に横になり、目をつぶった。そして、すぐにねむりにおちた。

「起きろ。でかけるぞ!」

するどい声が頭の上から降《ふ》ってきて、蒼《そう》太《たい》はあわてて飛《と》びおきた。

「孔明《こうめい》さん?　張飛《ちょうひ》さん?」

「寝《ね》ぼけるな」

孔明《こうめい》でも張飛《ちょうひ》でもない声がいった。まくらもとに村長《むらおさ》が立っている。小屋の戸はあけはなたれていた。となりの寝台《しんだい》で、夏花《かか》がもぞもぞと起き上がった。

「来い」

村長《むらおさ》がふたりをうながした。

蒼太《そうたい》と夏花《かか》は、寝台《しんだい》をおりて小屋の外にでた。もう夜が明けたらしく、あたりはうす明かるかった。小屋の前には、長方形の台がふたつおかれていた。台には長いほうに沿《そ》って二本の棒《ぼう》が取りつけてあり、それぞれ前後にふたりずつ八人の屈強《くっきょう》な若者《わかもの》がひかえていた。みな、白衣《はくい》を身につけ、頭を白い布《ぬの》でしばり、口もとをこれも白い布《ぬの》でおおっていた。

「あの、孔明《こうめい》さんと張飛《ちょうひ》さんはどうしたんでしょう」

蒼太《そうたい》は聞いてみた。

「さあ、知らんな」

村長《むらおさ》は、そっけなく首をふった。

「あのふたりは、ゆうべ、お前たちが祭壇《さいだん》にのぼったのを見とどけると、あとはよろしくといって、村をでていった。どんな事情《じじょう》があるか知らんが、どうやらお前たちは、やっかいばらいされたみたいだな」

「そんなあ」

夏花《かか》は声を上げたが、蒼太《そうたい》は、青白い顔でむっつりとおしだまった。

孔明《こうめい》と張飛《ちょうひ》が、自分たちをやっかいばらいする――ありえないことではない、と蒼太《そうたい》は思った。

――やっぱりここは、もうひとつの三国志《さんごくし》の世界なんだ。あのふたりは、なにか別《べつ》の目的《もくてき》があって、柴桑《さいそう》に行くんだろう。そして、その目的《もくてき》を知られないように、夏花《かか》のアイデアに乗っかっておれたちをおきざりにしたんだ。

胸《むね》の奥《おく》にしまいこんでおいた疑念《ぎねん》が、へびがかま首を持ち上げるように、またそろりとわきおこってきた。

「かわいそうだが、これもなにかのめぐりあわせ。わしたちをうらまんでくれ」

なぐさめるようにいうと、村長《むらおさ》は若者《わかもの》たちに目くばせした。若者《わかもの》たちが歩みよってきて、ふたりの口もとを白い布《ぬの》できつくしばった。

「神山《かみやま》では絶対《ぜったい》に口をきいてはならん。ひとことでも口をきけば、お山が荒《あ》れて、大変《たいへん》なことになるんだ」

村長《むらおさ》がまじめな顔つきでいった。

口もとをしばりおえると、若者《わかもの》たちは蒼太《そうたい》と夏花《かか》をかかえ上げて、ひとりずつ台の上に横たわらせた。そして、腰《こし》のあたりを両腕《りょううで》といっしょに縄《なわ》で台にしばりつけ、ついで両足も同じように台にしばりつけた。

「よし、行け」

村長《むらおさ》が命じた。

八人の若者《わかもの》たちは、前とうしろにふたりずつついて、台に取りつけた棒《ぼう》に肩《かた》を入れ、神輿《みこし》のようにかつぎ上げると、足並《あしな》みをそろえて歩きだした。

四

蒼太《そうたい》と夏花《かか》は、八人の若者《わかもの》の肩《かた》にかつがれて、荷物のように山道を運ばれていった。通いなれた道なのだろう、若者《わかもの》たちの足取りはしっかりしていて、台はほとんどゆれなかった。

はじめのうち台は、平行にかつがれていたが、道が上りになるとななめになり、頭が上になった。蒼太《そうたい》は首を起こしてあたりを見まわした。夏花《かか》の台が下からのぼってくる。夏花《かか》も首を起こしてまわりを見まわしているようだ。頭の上の空は、しだいに明るさを増《ま》してきているが、左右のしげった樹林《じゅりん》はまだほの暗い。

山道はしだいにけわしくなり、台をかついでいる若者《わかもの》たちの息が荒《あら》くなってきた。それでも一度も休むことなく、のぼりつづけていく。そうやって半時《はんとき》あまりのぼると、前方に古びた朱色《しゅいろ》の楼門《ろうもん》が見えてきた。間近で見ると、風雨にさらされてぬりははげおち、柱は虫食いの穴《あな》だらけだった。蒼太《そうたい》と夏花《かか》ののった台は、そのまま楼門《ろうもん》をくぐりぬけた。

楼門《ろうもん》をくぐると、石畳《いしだたみ》がしかれた前庭にでた。正面には「大宝殿《だいほうでん》」と書かれた額《がく》がかかった建物《たてもの》が建《た》っている。その建物《たてもの》もかなり古びていて、屋根は半分くずれかかっていた。若者《わかもの》たちは、二台の台を大宝殿《だいほうでん》に足先が向くように並《なら》べておいた。そして、その場にひざまずくと、大宝殿《だいほうでん》に向かって頭をさげた。それから中腰《ちゅうごし》になってずずずっとあとずさり、楼門《ろうもん》のところで身をひるがえしてでていった。

だれもいなくなった前庭は、物音ひとつせず、不気味《ぶきみ》に静《しず》まりかえっている。

蒼太《そうたい》はそろそろと頭をもたげた。わきを見ると、夏花《かか》もこっちを見ていた。

——なんだかやばそうだな。

——ほんと。ちょっとやな感じ。

ふたりは、不安《ふあん》な視線《しせん》をかわした。

そのとき、大宝殿《だいほうでん》の正面の扉《とびら》がギギギーッときしみながら左右に開いた。中から大きな人影《ひとかげ》がゆっくりと姿《すがた》をあらわした。蒼太《そうたい》と夏花《かか》は、目をいっぱいに見ひらいて、人影《ひとかげ》を見つめた。口をしばられていなければ、恐怖《きょうふ》の叫《さけ》び声を上げたにちがいなかった。

大宝殿《だいほうでん》の中からでてきたのは、一ぴきの巨大《きょだい》な猿《さる》だったのだ。頭から足の先まで、針《はり》のようにするどい銀白色の毛にびっしりとおおわれている。赤い顔にうめこまれたようなアーモンド形をしたふたつの目は金色に光り、口もとからは、にゅうっと鋭《するど》い牙《きば》がのぞいている。

大猿《おおざる》のあとから、もう一ぴきの白い猿《さる》がでてきて、大猿《おおざる》のうしろにすわった。

大猿《おおざる》より少し小さい。

大猿《おおざる》は、扉《とびら》を背《せ》にして石段《いしだん》に腰《こし》をおろすと、蒼太《そうたい》と夏花《かか》をぎろりと見やった。

ギギギギギッ
歯をこするような不快《ふかい》な音とともに、大猿《おおざる》の口がキュッと耳まで裂《さ》けた。どうやら、わらっているらしい。いけにえに満足《まんぞく》しているようだ。

——いやあ、気持ちわるーい。ちょっと、孔明《こうめい》さんに張飛《ちょうひ》さん、なにぐずぐずしてんのよ。早く来て！

夏花《かか》は、姿《すがた》を見せない孔明《こうめい》と張飛《ちょうひ》に怒《おこ》っていた。

——ひょっとしたら、ひょっとするかも……。

昨夜《さくや》の不吉《ふきつ》な考えが、蒼太《そうたい》の頭をよぎった。

——だから、いけにえなんてごめんだっていったんだ！

グァオ！

大猿《おおざる》がひと声ほえた。

すると、大宝殿《だいほうでん》のうしろから四ひきの猿《さる》がひょこひょことでてきた。こっちもけっこう大きいが、毛並《けな》みは茶色だった。二ひきは細長い金箸《かなばし》のようなものを持ち、二ひきはするどい切っ先をした剣《けん》を持っている。

ギャッギャッガオッ
大猿《おおざる》が歯をむきだした。

四ひきの猿《さる》はかしこまったように頭をさげ、金箸《かなばし》を持ったのと剣《けん》を持ったのとが組になって、蒼太《そうたい》と夏花《かか》の両わきに立った。一ぴきが金箸《かなばし》で胸《むな》もとをぎゅっとおさえつけ、もう一ぴきが両手で剣《けん》の柄《え》を握《にぎ》り、ふたりの心臓《しんぞう》のあたりに切っ先を当てた。

――やめて！

――よ、よせ！

夏花《かか》と蒼太《そうたい》は、声にならない悲鳴を上げて必死《ひっし》で上体をよじったが、金箸《かなばし》でおさえつけられているので、身動きできない。

と、猿《さる》は剣《けん》を垂直《すいちょく》にすーっと持ち上げていき、目のあたりでぴたっと止めた。

ギャッ、ギャッ
大猿《おおざる》が合図した。

合図にこたえて、二ひきの猿《さる》がふたりの心臓《しんぞう》めがけて勢《いきお》いよく剣《けん》を突《つ》きさそ

うとした、その瞬間《しゅんかん》、剣《けん》はからんという音とともに石畳《いしだたみ》の上にころがった。つづいて金箸《かなばし》もふっ飛《と》び、四ひきの猿《さる》は悲鳴を上げて逃《に》げちった。

「遅《おく》れて、すまん」

「間にあったか」

蛇矛《じゃぼう》を持った張飛《ちょうひ》と蒼竜剣《そうりゅうけん》を抜《ぬ》きはなった孔明《こうめい》が、蒼太《そうたい》と夏花《かか》のそばに立っていた。

ギギ、ギャギャ

大猿《おおざる》ともう一ぴきの白猿《しろざる》が、身をひるがえして大宝殿《だいほうでん》にかけこもうとした。

「逃《に》がすか！」

張飛《ちょうひ》がひとっ飛《と》びで石段《いしだん》をかけ上がると、二ひきの首根っこをつかまえて、石畳《いしだたみ》にたたきつけた。

グーッ

ググッ

二ひきはうめき声を上げて、のびてしまった。

そのあいだに、孔明《こうめい》が蒼竜剣《そうりゅうけん》で夏花《かか》と蒼太《そうたい》の縄《なわ》をぷつぷつと切りはなっていた。

「どうして、もっと早く来てくれなかったのよ！」

夏花《かか》が孔明《こうめい》にむしゃぶりついて、胸板《むないた》をこぶしでたたいた。

「蒼太《そうたい》もあたしも、あぶなくほんとうにいけにえになるところだったじゃない」

「すまなかった」

孔明《こうめい》は、夏花《かか》に胸《むね》をたたかせながら、ぴょこりと頭をさげた。

「村長《むらおさ》が、申陽公《しんようこう》を刺激《しげき》するなとうるさくいうものだから、いったん村をでてほかの場所で夜を明かし、いけにえが運びこまれるころにやってこようと思っていたのだ」

「ところが、途中《とちゅう》の山道で迷《まよ》ってしまってな、遅《おく》れてしまったわけだ。すまん、すまん」

石段《いしだん》をおりてきた張飛《ちょうひ》が、あとをつづけた。

「そうだったんだ」

蒼太《そうたい》はほっとした。

「さてと、こいつらをどうしようか」

張飛《ちょうひ》が、石畳《いしだたみ》にのびている大猿《おおざる》と白猿《しろざる》を蛇矛《じゃぼう》の先で突《つ》いた。

「これまでさんざんいけにえを食らってきた報《むく》いをうけさせなければな。首をはねるか」

「だめよ。そんなことしちゃ」

夏花《かか》が首をふった。

「村につれていって、村の人たちに見せてやるのよ。そうすれば、自分たちが長いあいだどんなにばかなことをしてきたか、わかるでしょ。そして、いけにえなんかやめさせる。そのためにあたしと蒼太《そうたい》が身がわりになったんだから」

「うむ。そうだったな」

張飛《ちょうひ》はうなずいて、楼門《ろうもん》の外にでていくと、おりとった木のつるを数本手にしてもどってきた。そして、そのつるで大猿《おおざる》と白猿《しろざる》の両手をぐるぐるとうしろ手にしばった。

「やい、そろそろ目をさませ！」

張飛《ちょうひ》が蛇矛《じゃぼう》の先で突《つ》っつくと、二ひきの猿《さる》は正気にもどり、首をもたげてきょろきょろあたりを見まわしていたが、張飛《ちょうひ》の顔を目にしたとたん、はねおきて逃《に》げようとした。が、両手をしばったつるの先を張飛《ちょうひ》が握《にぎ》っていたので、一間《けん》も行かないうちにひきもどされてしまった。

「おとなしく歩け」

張飛《ちょうひ》は、蛇矛《じゃぼう》の先で二ひきの尻《しり》をつついた。二ひきは、痛《いた》そうに顔をしかめて歩きだした。

四人は、大猿《おおざる》と白猿《しろざる》をつれて村にもどった。猿《さる》たちを見ると、村人たちはおびえて、家にかけこんだ。

「おーい、みんなでてこい!」

広場に猿《さる》たちをつれてくると、張飛《ちょうひ》が大声でよばわった。

「申陽公《しんようこう》をつれてきてやったぞ!」

けれど、村人たちは家の奥《おく》にひっこんだまま、でてこない。

「早くでてこい。でないと、こいつらをときはなって、村じゅうの家を襲《おそ》わせるぞ!」

張飛《ちょうひ》がおどすと、ようやく村長《むらおさ》を先頭に、村人たちがおそるおそる広場にやってきて四人のまわりに輪《わ》をつくった。

「そ、それが、申陽公《しんようこう》さま……？」

村長《むらおさ》が猿《さる》たちを指さしながら、聞いた。

「そうだ。こいつらがいけにえを食おうとした瞬間《しゅんかん》、おれたちが助けだした」

「そういえば、申陽公《しんようこう》さまは猿《さる》の姿《すがた》をしておられると、昔、じいさまから聞いたことがある」

村人のひとりがつぶやいた。

「猿《さる》は申《さる》とも書く。だから、神らしく申陽公《しんようこう》などと昔の者が名づけたにちがいない」

孔明《こうめい》がいった。

「きっと、あれよ。この猿《さる》たちがいつからかあの大宝殿《だいほうでん》に住みついて、そなえられるいけにえを食べていたんだわ」

夏花《かか》がそういって、村人たちを見まわした。

「これでわかったでしょ。こんな猿《さる》たちを神さまとかんちがいして、毎年いけにえをささげていたなんて、なんておろかなことだったかって」

「まったくだ。こいつらは、こうしてやるのがいちばんだ」

張飛《ちょうひ》が、猿《さる》たちの耳をつまんできゅっとひねると、二ひきは痛《いた》さに顔をしかめた。そのようすがおかしかったので、村人たちはどっとわらい声を上げた。

「これでもう、村の者たちがこの猿《さる》たちを神とあがめることはないだろう」

孔明《こうめい》が大きくうなずいた。

四人は、大猿《おおざる》と白猿《しろざる》を村人たちにひきわたして、村をあとにした。

蒼太《そうたい》は、村をでるころからなにやら考えこんでいたが、しばらく行ったところでとつぜんロバを止めた。

「ちょっと待って」

「どうした」

孔明《こうめい》が馬を止め、張飛《ちょうひ》もいぶかしげにふりかえった。

蒼太《そうたい》はロバをおりると、孔明《こうめい》と張飛《ちょうひ》に向かって頭をさげた。

「孔明《こうめい》さん、張飛《ちょうひ》さん、ごめんなさい」

「なんだ、どうしたんだ」

「なにをあやまる」

孔明《こうめい》と張飛《ちょうひ》は、けげんな顔つきで蒼太《そうたい》を見やった。

「おれ、孔明《こうめい》さんと張飛《ちょうひ》さんが夜のあいだに村をでていっちゃったって聞いて、おれと夏花《かか》をやっかいばらいしたんじゃないかって、思ったんだ」

「やだ、蒼太《そうたい》ったら。そんなこと考えてたの？」

夏花《かか》があきれた顔をした。

「いや。蒼太《そうたい》がそう思ったのも無理《むり》はない。もともとは、わたしのよけいなおせっかいが原因《げんいん》だ。心配をかけてすまなかった」

孔明《こうめい》が、ぎゃくに蒼太《そうたい》に頭をさげた。

「蒼太《そうたい》よ、あやまるもあやまらんもない」

張飛《ちょうひ》が歩みよってきて、蒼太《そうたい》の肩《かた》をぽんとたたいた。

「つまらんことを気にするな。おれたちは仲間《なかま》じゃないか。いっしょに柴桑《さいそう》に行き、お前がいう〝赤壁《せきへき》の戦《たたか》い〟で曹操《そうそう》が大負けして、しっぽをまいて逃《に》げかえるのをしっかり見とどけてくれ」

「わたしにとっては、お前と夏花《かか》は仲間《なかま》というより弟と妹みたいなものだ。これからも仲《なか》よく、力をあわせていこう」

孔明《こうめい》がわらいかけた。

蒼太《そうたい》の胸《むね》に、なんだか熱《あつ》いものがこみ上げてきた。

（ここは、もうひとつの三国志《さんごくし》の世界じゃない！　孔明《こうめい》さんもにせ者じゃない。あれはおれの聞きちがいだったにちがいない）

「ありがとう」

蒼太《そうたい》は、晴《は》れやかな顔で張飛《ちょうひ》と孔明《こうめい》を見上げた。

変《へん》顔《がん》を追いかけて（四）

信夫《のぶお》は、ふうーっと何度めかの大きな息をついた。自分の幸運がまだ信《しん》じられなかった。そろそろと手をのばして、テーブルの上の黒いショルダーバッグにふれた。それももう何度めかになる。そのバッグには、曹操《そうそう》のスパイの妖怪《ようかい》・変顔《へんがん》にうばわれた『幻書《げんしょ》三国志《さんごくし》』の巻物《まきもの》がはいっている。

「ほんとうに運がよかったよ」

こんどは口にだしてつぶやいた。

今から二時間前、信夫《のぶお》は、買い物客の紙ぶくろをうばってハッピータワーからでていった変顔《へんがん》のあとを慎重《しんちょう》に追っていた。

妖怪刑務所《ようかいけいむしょ》の看守《かんしゅ》のものだった緑色の制服《せいふく》を着た変顔《へんがん》は、通りを渡《わた》って公園にはいっていった。噴水《ふんすい》の前のベンチに腰《こし》をおろし、ショルダーバッグを肩《かた》からはずすとベンチのすみにおいて、紙ぶくろをあけた。ごそごそと中をかきまわし、右手にパン、左手にキュウリを取りだすと、パンとキュウリをかわるがわる食べはじめた。どうやらおなかがすいていたらしい。それで、食料品《しょくりょうひん》を買った買い物客の紙ぶくろをうばったのだろう。

信夫《のぶお》は、足音をしのばせて、変顔《へんがん》のすわっているベンチに近づいていった。腰《こし》をかがめてまうしろに歩みよる。ショルダーバッグは、変顔《へんがん》の右わきにおかれていて、ショルダーベルトがベンチの背《せ》もたれにかかって外側《そとがわ》にたれていた。

そろそろと手をのばして、信夫《のぶお》はたれさがっているショルダーベルトをつかんだ。変《へん》顔《がん》は、がつがつと食べるのにむちゅうで、気がつかない。思いきってベルトを手首にまきつけ、持ち上げながらぐいっと手元にひきよせた。変顔《へんがん》がはっとしたようにうしろをふりむいた。信夫《のぶお》と目があった。

「××××××××××！」

わけのわからないののしり声を上げて、変顔《へんがん》は信夫《のぶお》につかみかかった。信夫《のぶお》は、ベルトといっしょにバッグをかかえこみ、取られまいと必死《ひっし》で抵抗《ていこう》した。しかし変顔《へんがん》の力は強く、たちまちバッグをうばいかえされそうになった。

と、そのとき、とつぜん変顔《へんがん》の手がバッグからもぎとられた。

「やめろ！」

「なんてことするんだ！」

「警官《けいかん》よぶぞ！」

口々にわめきながら、数人の男たちが変顔《へんがん》を取りおさえていた。どうやら、変顔《へんがん》を〝ひったくり〟だと思ったようだ。

「××××××！」

変顔《へんがん》はわめき声を上げて、男たちともみあった。そのすきに、信夫《のぶお》はバッグをかかえてその場から走りさった。

信夫《のぶお》は、急いでハッピータワーにもどった。佐山博士《さやまはかせ》は、庭園技師《ていえんぎし》を変顔《へんがん》とまちがえてビートガンでおどしたため、警備室《けいびしつ》につれていかれて事情《じじょう》を聞かれている。

警備室《けいびしつ》は、地下一階の奥《おく》まったところにあった。ぶあついドアをあけると、警備員《けいびいん》や警官《けいかん》や庭園技師《ていえんぎし》にかこまれて大きなつくえの前にすわっていた佐山博士《さやまはかせ》が、ふりかえった。

「信夫《のぶお》か。どうした？」

「おじいちゃん、変顔《へんがん》からバッグを取りかえしたよ！」

信夫《のぶお》は、ショルダーバッグを両手で高くかかげた。

「えっ、本当か⁉」

佐山博士《さやまはかせ》は、勢《いきお》いよく立ち上がろうとして、バランスをくずし、いすごと床《ゆか》に倒《たお》れてしまった。

「大丈夫《だいじょうぶ》、大丈夫《だいじょうぶ》」

助けおこそうとした警備員《けいびいん》を手で制《せい》して、佐山博士《さやまはかせ》はすぐに起き上がった。

「どれ、見せてごらん」

信夫《のぶお》からバッグを受けとると、博士《はかせ》はファスナーをひらいて巻物《まきもの》を取りだした。

この巻物《まきもの》には、『幻書三国志《げんしょさんごくし》』のうち、赤壁《せきへき》の戦《たたか》いについて記されている。けれど、おさめられていた鉛《なまり》の箱から外にだして空気にふれると、文字がうすれ、十日あまりたつと消えてしまう。記されていた文字が消えると、その部分の歴史的事実《れきしてきじじつ》もないことになってしまう。つまり、赤壁《せきへき》の戦《たたか》いは起こらない。そして、そのことによってその後の歴史《れきし》が変《か》わってしまい、未来《みらい》の世界もこれまでとはまったくちがうものになってしまうのだ。

佐山博士《さやまはかせ》は、慎重《しんちょう》に巻物《まきもの》をひらいてさっと目を通すと、すぐに巻《ま》きもどしてふたたびバッグにもどした。

「文字は少しうすれてきているが、まだ大丈夫《だいじょうぶ》だ。鉛《なまり》の箱にいれなおせばもとどおりになる」

ほっとしたように息をついた佐山博士《さやまはかせ》は、バッグを信夫《のぶお》に渡《わた》した。

「事情聴取《じじょうちょうしゅ》にまだちょっと時間がかかりそうだから、お前は先に帰っていなさい。帰ったら入り口のドアにかぎをかけて、わたしがもどるまでだれも中にはいれないようにするんだ」

「うん。わかった」

大きくうなずくと、信夫《のぶお》はショルダーバッグを肩《かた》からななめがけにして、警備室《けいびしつ》をでた。

そうして、今、信夫《のぶお》は岬《みさき》の灯台《とうだい》に付属《ふぞく》している建物《たてもの》のリビングで、テーブルに巻物《まきもの》のはいった黒いバッグをおいて、佐山博士《さやまはかせ》の帰りを待っているところだった。

もし、変顔《へんがん》が、ハッピータワーで紙ぶくろをうばわなかったら。その紙ぶくろを持って公園に行かなかったら。ベンチにすわってショルダーバッグをわきにおき、紙ぶくろをあけてパンを食べなかったら。そして、通りがかった男たちが、変顔《へんがん》を〝ひったくり〟と思わなかったら、ショルダーバッグはここになかったはずだ。

偶然《ぐうぜん》と運が、信夫《のぶお》に味方してくれた。

「おじいちゃんが帰ってきて、巻物《まきもの》をもとの鉛《なまり》の箱にもどせば、もう歴史《れきし》が変わることはないんだ。夏花《かか》や蒼太《そうた》たちといっしょに『三国志《さんごくし》』の世界に行けなかったのはくやしかったけど、こっちにのこって正解《せいかい》だった。これだけ大きな仕事をやってのけたんだから」

信夫《のぶお》はめがねをずり上げながら、満足げな笑《え》みをうかべた。

そのとき、リビングの窓《まど》をこつこつとたたく音がした。窓《まど》の外に佐山博士《さやまはかせ》の顔が見えた。指でドアのほうを指している。

「今、あけるよ!」

信夫《のぶお》はいそいで正面にまわり、入り口のドアのかぎをあけた。待ちかねたようにドアが外から勢《いきお》いよくひらかれた。

「お帰りな……!」

いいおえないうちに、あごに強烈《きょうれつ》な一発をくらって、信夫《のぶお》はその場にぶったおれた。気を失《うしな》う寸前《すんぜん》に目にうつったのは、見おぼえのある緑色の制服《せいふく》だった。

しばらくして、信夫《のぶお》は意識《いしき》を取りもどした。あごが猛烈《もうれつ》に痛《いた》かった。さわってみようとしたが、腕《うで》が上がらなかった。どうしたのかと思い、体を動かしてみて分かった。両《りょう》腕《うで》をロープでうしろ手にしばられて、床《ゆか》にころがっていたのだ。おどろいて起き上がろうとしたとき、歩みよってくる足音がして、頭の上で止まった。緑色の制服《せいふく》を着た佐山《さやま》博士《はかせ》が、冷《つめ》たい目で見おろしていた。

「×××××××」

変顔《へんがん》の佐山博士《さやまはかせ》は、なにかいいながら信夫《のぶお》のえりがみをつかんでずるずるひきおこすと、いすにすわらせた。そこはリビングで、目の前にテーブルがあった。その上には黒いショルダーバッグがおいてある。

「ぼくをどうするつもりだ！」

信夫《のぶお》は、思いきって叫《さけ》んだ。

「××××××」

静《しず》かにしろとでもいったのか、首すじに冷《つめ》たいものがあてられた。はばの広い短剣《たんけん》だ。変顔《へんがん》が護身用《ごしんよう》に持っていたものだろう。信夫《のぶお》は口をつぐんだ。

変顔《へんがん》は、短剣《たんけん》を持ったまま、リビングを行ったり来たりしはじめた。時々、窓《まど》に歩みよって外のようすをうかがっている。

そうやって何度めかに窓《まど》に歩みよった変顔《へんがん》は、なにを見たのか、身をひるがえすようにして窓《まど》からはなれると、信夫《のぶお》がすわらされているいすのところにかけもどった。

「××××××！」

おどすような口調でいうと、背《せ》をかがめていすのうしろに体をかくした。

しばらくすると、入り口のドアがひらく音がした。

「信夫《のぶお》、今帰ったぞ！」

佐山博士《さやまはかせ》の声がした。

おじいちゃん！——叫《さけ》ぼうとして、信夫《のぶお》はことばをのみこんだ。背中《せなか》がちくりと痛《いた》んだ。短剣《たんけん》の切っ先でつつかれたのだ。声をだすなというおどしだ。

「信夫《のぶお》、どこだ」

リビングに佐山博士《さやまはかせ》がはいってきた。

「ああ、ここにいたのか。おお、バッグもあるな」

ほっとしたようにテーブルにかけよろうとした博士《はかせ》は、つぎの瞬間《しゅんかん》その場に棒立《ぼうだ》ちになった。いすのうしろから、変顔《へんがん》がゆっくりと立ち上がったのだ。

「お前は……！」

「×××××！」

変顔《へんがん》は、短剣《たんけん》の刃《は》を信夫《のぶお》ののどにあてた。

「×××」

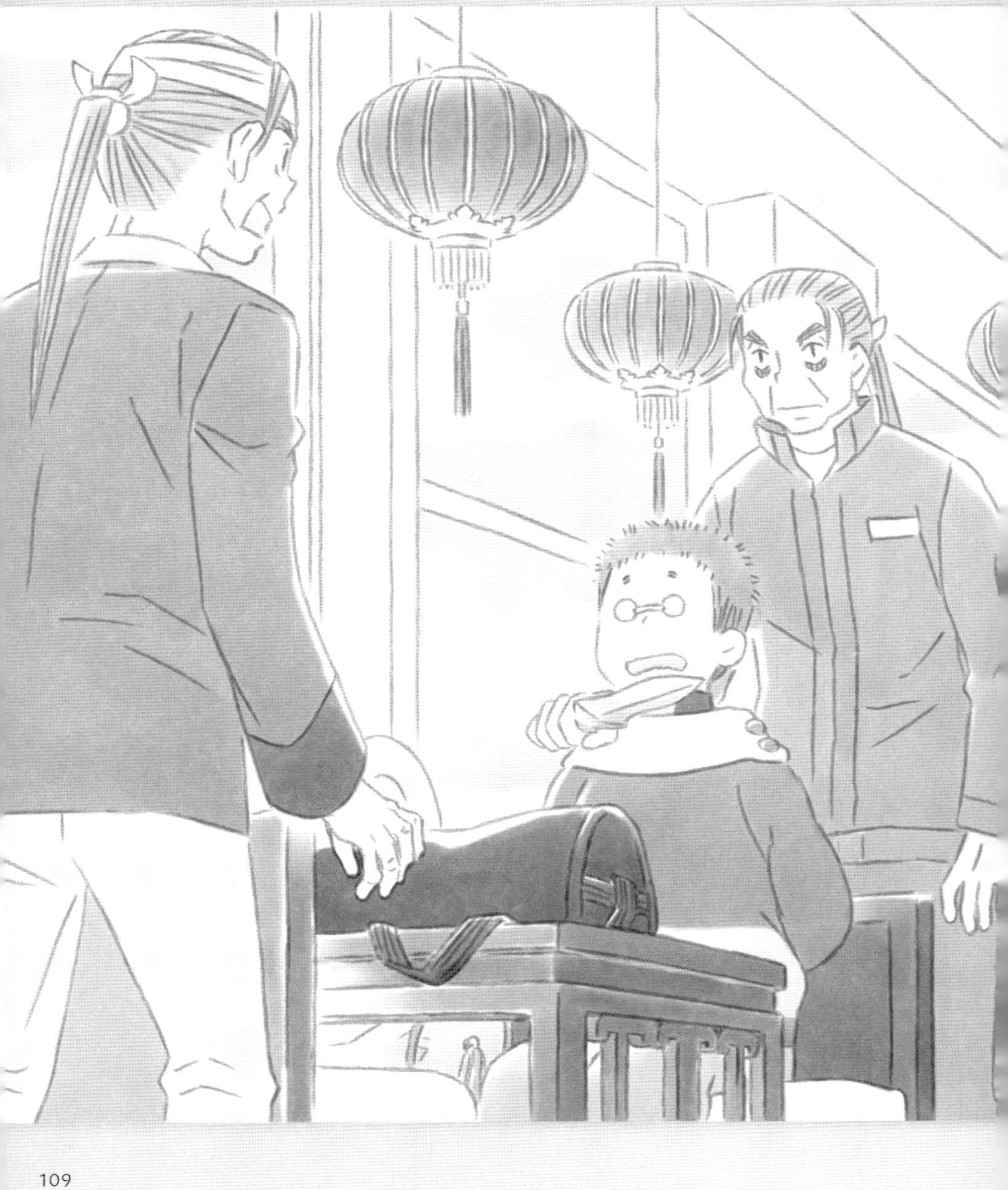

博士《はかせ》は、変顔《へんがん》と同じことばで答えてうなずいた。

それからしばらくのあいだ、博士《はかせ》と変顔《へんがん》は同じことばで会話をつづけた。会話がすすむにつれ、博士《はかせ》の顔がしだいにこわばっていった。変顔《へんがん》は声高になり、何度もぴたぴたと信夫《のぶお》ののどに短剣《たんけん》の刃《は》をあてた。そのたびに信夫《のぶお》はびくっとふるえた。

「×××」

やがて博士《はかせ》は、がくりとうなずき、気おちしたように肩《かた》をおとした。変顔《へんがん》は短剣《たんけん》の刃《は》を信夫《のぶお》ののどからはなすと、テーブルに手をのばして、バッグをたぐりよせ、肩《かた》にかけた。

「どういうこと、おじいちゃん」

信夫《のぶお》は博士《はかせ》を見た。

「変顔《へんがん》は、ここにもどってきて、考えを変《か》えたといっている」

博士《はかせ》は、疲《つか》れたような声でいった。

「巻物《まきもの》の内容《ないよう》が消えるまであちこちぶらぶらするのをやめて、のこりの巻物《まきもの》のうち、赤《せき》壁《へき》の戦《たたか》い以後《いご》のことが記されている巻物《まきもの》を選《えら》んで、赤壁《せきへき》の戦《たたか》いの巻《かん》といっしょに鉛《なまり》の箱にいれ、曹操《そうそう》のところに持っていくことにしたそうだ。そうすれば、曹操《そうそう》に信用《しんよう》されて、ほうびをもらえるからね。出世もするだろう。それで、わたしに、書庫にいっしょに行っ

← 5巻へつづく……？

て巻物《まきもの》を選《えら》びだせというんだ。

曹操《そうそう》が巻物《まきもの》を読んだら、大変《たいへん》なことになる。自分のまわりで起こる出来事を前もって知ることができるんだから、失敗《しっぱい》はふせげるし、すべて自分が有利《ゆうり》になるように行動できる。歴史《れきし》は曹操《そうそう》の思うがままに動いていき、その結果《けっか》、未来《みらい》は今とはまったくちがうものになってしまう。けれど、わたしにはどうすることもできない」

博士《はかせ》は、苦しげに顔をゆがめた。

「変顔《へんがん》の要求《ようきゅう》をこばんだら、お前を殺《ころ》すというんだ……」

信夫《のぶお》は青ざめた。

「××××！」

変顔《へんがん》が信夫《のぶお》のえりがみをつかんで、いすから立たせた。

「×××」

うなだれた博士《はかせ》を先頭に三人はリビングをでた。信夫《のぶお》の背中《せなか》には、短剣《たんけん》の切っ先がつきつけられていた。

孔《こう》明《めい》死す！

一

「もうそろそろ柴桑《さいそう》の対岸に着くぞ」

夏花《かか》と孔明《こうめい》の乗った馬をひきながら、張飛《ちょうひ》がいった。

「あと半日といったところだわ」

「えっ、ほんと？　孔明《こうめい》さん」

夏花《かか》が孔明《こうめい》をふりかえった。

「そうだな」

孔明《こうめい》はゆっくりうなずいた。

「今日の夕方までには着くだろう」

「やったね！」

ロバの背《せ》で、蒼太《そうたい》はこぶしをつき上げた。

「着いたら、すぐ柴桑《さいそう》に渡《わた》るんですか」

「さあ。ようすをさぐってからでないと、なんともいえないなあ」

孔明《こうめい》はことばをにごした。

「なんだか、たよりないわねえ」

夏花《かか》が口をとがらせた。

「さっさと柴桑《さいそう》に渡《わた》って、しなければならないことをすればいいのに」

「そうもいかない。相手があることだし」

孔明《こうめい》はにがわらいした。

相手というのは、呉《ご》の孫権《そんけん》と重臣《じゅうしん》たちだ。柴桑《さいそう》に渡《わた》って、かれらを曹操《そうそう》と戦《たたか》うように説得《せっとく》しなければならない。考えてみれば、それがまず第一歩だ。その一歩めをふみだす前に、ぐだぐだとまわり道をしてきた。

けれど、それももう終わりだと思うと、蒼太《そうた》はなんだかすっきりした気分になった。もちろん、これからが大変《たいへん》だ。自分の『三国志《さんごくし》』の知識《ちしき》を総動員《そうどういん》して、孔明《こうめい》や呉《ご》の参謀《さんぼう》・周瑜《しゅうゆ》にはたらきかけて、赤壁《せきへき》の戦《たたか》いを実現《じつげん》させなければならないのだから。

「まあ、なんだ、あと半日、妖怪《ようかい》にでくわさないことを願《ねが》うぜ」

妖怪《ようかい》が苦手な張飛《ちょうひ》がいった。

「わかんないわよ」

夏花《かか》がわらった。

「妖怪《ようかい》は張飛《ちょうひ》さんの願《ねが》いなんか気にしないから、あと半日のあいだにでてくるかもね」

「おい、おどすなよ」

「あっ、あれ！」

蒼太《そうた》が、前方を指さして叫《さけ》んだ。

「な、なんだ、妖怪《ようかい》か？」

張飛《ちょうひ》が、ぎょっとしたように首をすくめた。

「ちがうよ。だれか道ばたに倒《たお》れてるんだ」

蒼太《そうた》はロバの腹《はら》をけった。ロバはとことこ走りだした。

そこは、片側《かたがわ》が岩がごろごろした急な斜面《しゃめん》になっていて、ちょうど斜面《しゃめん》のま下にふたりの人が少しあいだをおいて倒《たお》れていた。ふたりとも気を失《うしな》っているようだ。

そこまでロバを走らせてきた蒼太《そうたい》は、手前に倒《たお》れている人を見たとたん、

「えええーっ、まさかあ」

おどろきの声を上げると、ころがるようにしてロバからおり、かけよって抱《だ》きおこした。

「おい、しっかりしろ！　大丈夫《だいじょうぶ》か！」

「どうしたのよ」

あとからやってきた夏花《かか》が、馬を下りて歩みよったが、その夏花《かか》も、

「うそ！　まじ？」

と、目をまるくした。

「信助《しんすけ》じゃない！」

倒《たお》れていたのは、信夫《のぶお》だった。両手をロープでうしろ手にしばられている。

「やだ。こっちは佐山博士《さやまはかせ》よ！」

夏花《かか》は、もうひとりのほうにかけよった。

「どうした」

「何者だ、こいつらは」

孔明《こうめい》と張飛《ちょうひ》もふたりのそばにやってきた。

「お前たちの知りあいか？」

孔明《こうめい》が聞いた。

「そうです」

蒼太《そうたい》がうなずいた。

「おれたちと同じ未来《みらい》の世界の人です。どうやってここにあらわれたかは分からないけど」

「気を失《うしな》っているようだな。おれが活をいれてやろう」

張飛《ちょうひ》は、蒼太《そうたい》をわきへどかすと、腰《こし》にさしていた短剣《たんけん》でロープを切った。それから、信助《しんすけ》の両わきから腕《うで》をさしいれ、背後《はいご》から抱《だ》きかかえた。そして、片《かた》膝《ひざ》をつき、もう片方《かたほう》の膝《ひざ》を信助《しんすけ》の背中《せなか》にあてると、前にまわした腕《うで》に力をいれて信助《しんすけ》の胸《むね》を強くおした。

「う、うーん」

信助《しんすけ》がうめいて、うす目をあけた。

「信助《しんすけ》、気がついたか」

蒼太《そうたい》が横からのぞきこんだ。信助《しんすけ》は、きょとんとして、はずれかけためがねごしに蒼太《そうたい》を見たが、つぎの瞬間《しゅんかん》、その目が大きく見ひらかれた。

「蒼太《そうた》！　なんでお前がここにいるんだ⁉」

「こっちこそ聞きたいよ。お前、なんでこんなところに倒《たお》れてたんだよ」

「ちょっと来て。博士《はかせ》が大変《たいへん》！」

佐山博士《さやまはかせ》を介抱《かいほう》していた夏花《かか》が声を上げた。博士《はかせ》のこめかみのあたりから、血が太い筋《すじ》になって流れおちている。よく見ると、博士《はかせ》の右足も不自然《ふしぜん》にねじれている。大けがをしているようだ。

夏花《かか》は、着物《きもの》のそでで博士《はかせ》のこめかみの血をぬぐいながら、傷《きず》を調べた。

「だいぶ切ってるみたい。早く手当てしてあげたほうがいいわ」

「手当てといっても、こんなところではなにもできん。近くの村か寺にでも運ぶしかないな」

張飛《ちょうひ》が大またで博士《はかせ》に歩みよると、両わきに手をいれて、ぐいっと抱《だ》きかかえた。

「蒼太《そうたい》、お前のロバを貸《か》してやれ」

「そんなこと、しなくていいよ！」

信助《しんすけ》が起き上がって叫《さけ》んだ。

「そいつはおじいちゃんじゃない！　妖怪《ようかい》の変顔《へんがん》だ！　曹操《そうそう》のスパイ、間者《かんじゃ》だよ！」

「妖怪《ようかい》だと!?」

張飛《ちょうひ》がぶるっとふるえて、かかえていた博士《はかせ》をほうりなげた。

「曹操《そうそう》の間者《かんじゃ》？」

孔明《こうめい》がまゆをひそめた。

「どうしてこの人が博士《はかせ》じゃないのよ」

夏花《かか》が、佐山博士《さやまはかせ》を指さした。張飛《ちょうひ》になげだされて意識《いしき》がもどったのか、佐山博士《さやまはかせ》は痛《いた》みに顔をゆがめている。

「緑色の服着てるだろ。それは妖怪刑務所《ようかいけいむしょ》の看守《かんしゅ》の制服《せいふく》なんだ。おじいちゃんは、こんなもの着てない」

信助《しんすけ》は、どこか痛《いた》めたのか、足をひきずりながら博士《はかせ》のところに歩みよってきた。

「こいつはね、変顔《へんがん》といって、自分の顔をどんな顔にでも変《か》えることができる妖怪《ようかい》なんだよ。さっき、おじいちゃんの顔をしてぼくをだましたんだ。こいつが、巻物《まきもの》をうばって逃《に》げた犯人《はんにん》だよ」

「この者が、曹操《そうそう》の間者《かんじゃ》だというのは、まことか」

孔明《こうめい》が信助《しんすけ》を見た。

「ああ、そうだよ」

声と同時に佐山博士《さやまはかせ》の首がカメのようにちぢんで、緑色の制服《せいふく》のえりの中に消えた。と思うと、するするとまたのびてきた。顔は佐山博士《さやまはかせ》ではなくて、目のつり上がった男の顔に変《か》わっていた。髪《かみ》を頭の上でまとめている。

「おれは、曹操《そうそう》さまの間者《かんじゃ》をつとめている変顔《へんがん》だ」

こめかみから流れおちる血を手の甲《こう》でぬぐいながら、変顔《へんがん》は孔明《こうめい》と張飛《ちょうひ》を見上げた。

「あんたがたのことは知っている。あんたは劉備《りゅうび》の軍師《ぐんし》の孔明《こうめい》、そっちのひげづらは張飛《ちょうひ》。劉備軍《りゅうびぐん》がいた夏口《かこう》でよく見かけた」

「あれっ、こいつのしゃべってること、わかるぞ！」

信助《しんすけ》が叫《さけ》んだ。

「さっきまでは、まるでちんぷんかんぷんだったのに」

「それは、お前がこの世界にはいってるからだよ」

蒼太《そうたい》がいった。

「おれたちもそうだけど、この世界の人間として、しぜんとしゃべれるし、ひとのいってることもわかるんだ」

「そういえば、おじいちゃんが前にそんなことといってたな」

信助《しんすけ》はうなずいた。

「変顔《へんがん》とやら。お前が曹操《そうそう》の間者《かんじゃ》なら、かわいそうだが助けてやることはできない」

孔明《こうめい》がいった。

「分かっている。おれは、曹操《そうそう》さまのもとへもどり、あの巻物《まきもの》を使って出世するつもりだったが、こんなざまではその望《のぞ》みもかなわなくなった」

変顔《へんがん》は、ねじれた右足に目をやった。こめかみの血が、またいちだんとひどくなった。

「そろそろ終わりのようだ。おさらばするとするか」

低《ひく》い声でつぶやくと、ゆっくりと首をちぢめていった。制服《せいふく》のえりの中にいったん隠《かく》れてから、首はふたたびのびてきた。

「お、おい、よせよ、よしてくれ……」

張飛《ちょうひ》がおびえたようにあとずさりした。孔明《こうめい》も蒼太《そうたい》も夏花《かか》も信助《しんすけ》も、息をのんで変顔《へんがん》を見つめた。変顔《へんがん》の顔には、こめかみのあたりから血が流れおちているだけで、目も鼻も口もなかった。のっぺらぼうだった。おそらく、これが本当の変顔《へんがん》の顔なのだろう。

と、口のあたりからたらたらとひと筋《すじ》の血が流れおちてきた。同時にがくりと首がおれた。

「舌《した》をかんだな」

孔明《こうめい》がつぶやいた。

「もう助からないと分かったので、みずから命を絶《た》ったのだ」

孔明《こうめい》は、変顔《へんがん》を抱《だ》きかかえて、道の反対側《はんたいがわ》の草地に運んでいき、草の上に横たえた。

「そういえば、信助《しんすけ》。なんでお前がおれたちといっしょになったのか、まだ聞いてなかったな」

蒼太《そうたい》が信助《しんすけ》をふりかえった。

「そうよ。早く話して」

夏花《かか》もいった。

「あ、ああ」

信助《しんすけ》はうなずいて、話しはじめた。

「くわしいことははぶくけど、とにかく、変顔《へんがん》からいったんは巻物《まきもの》を取りかえしたんだ。だけど、おれが変顔《へんがん》の人質《ひとじち》になっちゃって、それでおじいちゃんがおどされて……」

二

佐山博士《さやまはかせ》を先頭にしてリビングをでた三人は、階段《かいだん》わきのドアをぬけて灯台《とうだい》への通路《つうろ》を通り、昇降《しょうこう》リフトで三層《そう》めにのぼった。巻物《まきもの》がおさめてある三つの鉛《なまり》の箱は、右手のかべの書棚《しょだな》の中段《ちゅうだん》にあった。博士《はかせ》は、三つの箱をひとつずつ床《ゆか》におろしていった。

それから一時間ちかく、佐山博士《さやまはかせ》は、内容《ないよう》をたしかめながら巻物《まきもの》のいれかえをおこない、ふたつの箱に赤壁《せきへき》の戦《たたか》い以後《いご》のことが記された巻物《まきもの》をおさめた。そのあいだじゅう、変顔《へんがん》はすぐそばに立って、博士《はかせ》の作業を監視《かんし》していた。左手には信夫《のぶお》の両手をしばったロープの端《はし》を持ち、右手で短剣《たんけん》の刃先《はさき》をその背中《せなか》につきつけていた。

いれかえを終えると、博士《はかせ》はパイプをくみあわせて作ってある背負子《しょいこ》にふたつの箱をのせ、しっかりとしばりつけた。変顔《へんがん》は、短剣《たんけん》と信夫《のぶお》のロープを持ったまま、背負《せお》いひもを両肩《りょうかた》にかけ、背負子《しょいこ》を背負《せお》った。ふたつの鉛《なまり》の箱はかなり重そうだったが、顔色ひとつ変えなかった。

「××××××××」

博士《はかせ》は、疲《つか》れた顔で変顔《へんがん》にいった。

すると変顔《へんがん》は、首をふり、ながながと博士《はかせ》に語りかけた。そして最後《さいご》に、信夫《のぶお》のロープをひきよせ、背中《せなか》に短剣《たんけん》の刃先《はさき》をあてた。

「×××?」

「わかった。×××。いうとおりにしよう」

博士《はかせ》はため息をつきながらうなずいた。

「どういうことなの？」

信夫《のぶお》は博士《はかせ》を見た。

「これでもういいだろうといったら、変顔《へんがん》はわたしに、自分といっしょに曹操《そうそう》のところに来いというんだ」

「なんで、おじいちゃんが曹操《そうそう》のところへ行かなくちゃならないの？」

「変顔《へんがん》がいうには、自分だけでは巻物《まきもの》のことを話しても、曹操《そうそう》に信用《しんよう》されないおそれがある。だが、未来《みらい》の学者であるわたしが、巻物《まきもの》の価値《かち》を説明《せつめい》すれば、曹操《そうそう》も信用《しんよう》するだろうというんだね。もちろん、いやだといったら、お前の命はないといっている。そして、お前もいっしょにつれていくという」

「ぼ、ぼくも……？」

「そうだ。やつは、わたしがうらぎらないように、お前を人質《ひとじち》にして向こうの世界につれていき、わたしがおかしなことをすれば、すぐにお前を殺《ころ》すつもりなのだ。だが……」

そこで博士《はかせ》は、小声になってささやいた。

「心配することはない。わたしがなんとかするから」

「××××××」

変顔《へんがん》が、いらだたしげにいった。博士《はかせ》が答えると、納得《なっとく》したようにうなずいた。

「なにを話しているかというから、事情《じじょう》を説明《せつめい》して、お前を説得《せっとく》しているんだといったら、納得《なっとく》したようだ」

そういって、博士《はかせ》は信夫《のぶお》を見た。

「いいかい、信夫《のぶお》。わたしが指を鳴らしてなにかいったら、すぐさまそのとおりにするんだよ。分かったね」

「分かった」

信夫《のぶお》は小さくうなずいた。

「×××××」

変顔《へんがん》があごをしゃくった。

「分かった」

博士《はかせ》は、書棚《しょだな》においてあった懐中電灯《かいちゅうでんとう》を取って昇降《しょうこう》リフトに向かった。信夫《のぶお》は、背中《せなか》を短剣《たんけん》の先でおされて、あとにつづいた。

昇降《しょうこう》リフトをおりた三人は、灯台《とうだい》の外にでた。そろそろ夕暮《ゆうぐ》れがせまってきていて、空《そ》はあかね色に染まっている。灯台《とうだい》のわきからがけ下におりる細い道をおり、がけすその洞穴《ほらあな》の前にやってきた。

「足もとに気をつけるんだよ」

博士《はかせ》は、ふりかえって信夫《のぶお》にいうと、懐中電灯《かいちゅうでんとう》をつけ、洞穴《ほらあな》に足をふみいれた。

洞穴《ほらあな》の中は、大小の岩がごろごろころがっていて、歩きにくかった。

――もし、変顔《へんがん》が岩につまずいて、そのひょうしに短剣《たんけん》が背中《せなか》に刺《さ》さったら……!

そう思うと、信夫《のぶお》の背《せ》を冷《ひ》や汗《あせ》が流れた。

けれど、変顔《へんがん》はまるで平地を行くようにすいすいと歩き、背中《せなか》の短剣《たんけん》は一度もぶれなかった。ぎゃくに、信夫《のぶお》が岩につまずいてつんのめりそうになったときは、えりくびをつかんで倒《たお》れないように支《ささ》えてくれた。

やがて前方が明るくなってきて、出口にたどりついた。佐山博士《さやまはかせ》は、懐中電《かいちゅうでん》灯《とう》を消すと、その場にしゃがみこんだ。

「××××！」

変顔《へんがん》がとがめるようにいった。

「なにをしているかって？　疲《つか》れたから一休みしているところだ」

博士《はかせ》はのんびりといい、それからぱちんと指を鳴らした。

「信夫《のぶお》、わきにどいていなさい」

信夫《のぶお》ははっとした。おじいちゃんの合図だ！

信夫《のぶお》がわきに飛《と》びのくのと、佐山博士《さやまはかせ》がさっと立ち上がってふりかえり、変《へん》顔《がん》に飛《と》びかかって右手に握《にぎ》ったこぶし大の岩をこめかみにたたきつけたのとは、ほとんど同時だった。

「わあっ」

油断《ゆだん》していた変顔《へんがん》は、短剣《たんけん》とロープを投げだし、こめかみをおさえて岩の上に倒《たお》れた。すぐに立ち上がろうとしたが、背負子《しょいこ》のパイプの先が岩のあいだにはさまって動けない。

「××××！」

ののしり声を上げて背負《せお》いひもをはずすと、もう一度なぐりつけようと腕《うで》をふり上げた佐山博士《さやまはかせ》に飛《と》びかかろうとした。

「あぶない、おじいちゃん!」

信夫《のぶお》が横から変顔《へんがん》に体あたりした。ふたりはもつれあって岩のあいだに倒《たお》れた。

そのとき、ごーっと大きな音がして、洞穴《ほらあな》全体が地震《じしん》のようにはげしくゆれた。信夫《のぶお》と変顔《へんがん》はもつれあったまま洞穴《ほらあな》の出口からほうりだされ、急な斜面《しゃめん》をごろごろところがりおちていった。ころがるあいだに変顔《へんがん》は右足をおり、信夫《のぶお》も頭を打って意識《いしき》を失《うしな》った……。

「――というわけなんだよ」

信助《しんすけ》は話を終えると、めがねをずり上げて、蒼太《そうたい》と夏花《かか》を見た。

「おかしいわねえ」

夏花《かか》が首をかしげた。

「なにが」

蒼太《そうたい》が聞いた。

「だって、あの洞穴《ほらあな》は、あたしたちが孔明《こうめい》さんや張飛《ちょうひ》さんにはじめて会ったところ……なんていったっけ」

「夏口《かこう》だろ」

「そう。その夏口《かこう》に通じてたはずよ。それなのに、なんで場所も時間もちがうここに通じちゃったのよ。どうしてなの、蒼太《そうたい》」

「さあ、おれにもよくわかんないけど、たぶん、あれだよ。あの洞穴《ほらあな》は〝時空トンネル〟みたいなもんで、信助《しんすけ》がいってた地震《じしん》、あの影響《えいきょう》で、場所と時間がずれちゃって、出口がここにひらいちゃったんじゃないかなあ」

「あっ、あれ！」

ふいに信助《しんすけ》が叫《さけ》んで、斜面《しゃめん》の上のほうを指さした。見ると、斜面《しゃめん》の中ほどにひらいていた洞穴《ほらあな》の口があとかたもなく消え、ごつごつした岩の斜面《しゃめん》がずっと上のほうまで切れ目なくつづいていた。

「洞穴《ほらあな》が……消えちゃってる」

「ずれがもとにもどったんだ……」

蒼太《そうた》がつぶやいた。

「おじいちゃん、大丈夫《だいじょうぶ》だったかなあ」

「大丈夫《だいじょうぶ》だって」

心配そうに斜面《しゃめん》を見つづける信助《しんすけ》の肩《かた》を、夏花《かか》がぽんとたたいた。

「博士《はかせ》のことだから、なんとかしてるわよ。それより、信助《しんすけ》。洞穴《ほらあな》が消えちゃったんだから、あんた、もう向こうへはもどれないわよ。これからあたしたちといっしょに行くしかないわね」

「えっ？　……ああ、そうか！」

信助《しんすけ》は、はじめきょとんとしていたが、すぐにぱんと手を打ちあわせた。

「お前たちといっしょに、また旅ができて、うれしいよ」

「あたしも」

「おれも」

三人はがっちりと手を握《にぎ》りあった。

「仲《なか》よくしているところをわるいけど……」

孔明《こうめい》がそのとき口をはさんだ。

「さっきから聞いていたんだが、曹操《そうそう》の間者《かんじゃ》がねらっていた巻物《まきもの》とは、どういうものなんだ。教えてくれないか」

蒼太《そうたい》と夏花《かか》と信助《しんすけ》は、顔を見あわせた。

「そろそろ、いいんじゃない、話しても」

夏花《かか》がいった。

「そうだな」

蒼太《そうたい》がうなずいた。予言書《よげんしょ》の巻物《まきもの》のことは、孔明《こうめい》と張飛《ちょうひ》にはまだ話していなかったのだ。

蒼太《そうたい》は、佐山博士《さやまはかせ》が夏口《かこう》のちかくで鉛《なまり》の箱にはいった巻物《まきもの》を発見したことからはじめて、自分たちがこの世界にやってきた目的《もくてき》まで、すべてをふたりに話した。

「ふーむ」

孔明《こうめい》は腕《うで》をくんで、なにやら考えこんだ。

「しかし、予言書《よげんしょ》に書かれてるんなら、なんにも心配することはないんじゃねえか」

張飛《ちょうひ》が、のんきそうにひげをしごいた。

「でも、佐山博士《さやまはかせ》が無事《ぶじ》かどうか分からないし、鉛《なまり》の箱がどうなったかも分からないし、とにかく、赤壁《せきへき》の戦《たたか》いを成功《せいこう》させることが大事だと思います」

蒼太《そうたい》がいった。

「ねえ、ちょっと。このひげのおじさん、だれなんだい」

信助《しんすけ》が、めがねをずりおとして、張飛《ちょうひ》を上目づかいに見上げた。

「そういえば、紹介《しょうかい》がまだだったわね」

夏花《かか》がそういって、孔明《こうめい》と張飛《ちょうひ》に信助《しんすけ》をひきあわせた。

「この子は、あたしたちの仲間《なかま》で、信助《しんすけ》っていうの。シンスケじゃまずいわね。シンジョって呼《よ》んだほうがいいかも。信助《しんじょ》、こちらは、劉備《りゅうび》さんの軍師《ぐんし》の孔明《こうめい》さんよ。やさしくて、親切で、頭が切れるすごい人よ。それから、こっちのひげづらのおじさんは、張飛《ちょうひ》さん。ひとりで百人もの敵《てき》を倒《たお》すほどの豪傑《ごうけつ》なんだけど、妖怪《ようかい》にはてんで弱いの」

「おい、それはよけいだ」

張飛《ちょうひ》が、丸い目をむいて夏花《かか》をにらんだ。

三

信助《しんじょ》をくわえた一行は、ふたたび街道《かいどう》をすすんだ。信助《しんじょ》は、斜面《しゃめん》をころがりおちて体のあちこちを痛《いた》めていたのでロバに乗せ、蒼太《そうたい》が綱《つな》をひいた。

「なんだか、おしりが痛《いた》いや」

と、ロバの背《せ》でしきりにもぞもぞやっていた信助《しんじょ》だったが、そのうちに慣《な》れてきたのか、なにもいわなくなった。気になって蒼太《そうたい》がふりかえると、ロバの背《せ》で気持ちよさそうにいねむりしていた。

その日の夕方、一行は柴桑《さいそう》の対岸にある村に着いた。着いてみると、なんだか村の中がさわがしい。大勢《おおぜい》の人の走りまわる足音やわめき声、怒号《どごう》、喊声《かんせい》、悲鳴がいりまじって聞こえてくる。

「どうやら争《あらそ》いごとのようだな。行ってみよう」

孔明《こうめい》がいった。

「行くのはいいが、軍師《ぐんし》、よけいなおせっかいはなしですぜ」

張飛《ちょうひ》が孔明《こうめい》をかえりみた。争《あらそ》いごとがきらいな孔明《こうめい》は、なんとかやめさせようとするのだが、うまくいったためしはなく、かえってみんなにめいわくをかけるのがオチだった。

「ははは。心配しなくてもいいですよ。ただ行ってみるだけだから」

孔明《こうめい》はわらった。

さわぎは村の中ほどの大きな屋敷《やしき》の前で起きていた。さわぎというより、それは〝合戦《かっせん》〟だった。数十人の者たちがいりみだれて戦《たたか》っていたのだ。刀や棒《ぼう》や槍《やり》や矛《ほこ》がふりまわされ、矢や石が飛《と》びかい、あたりはまるで戦場《せんじょう》だった。

「お、おい、こいつはどうなってんだ⁉」

張飛《ちょうひ》がとんきょうな声を上げた。戦《たたか》っている一方は、鉢巻《はちま》きをしめたり、布《ぬの》のふくろや鍋《なべ》をかぶったりした村の男たちのようだったが、相手は狐《きつね》だったのだ。甲冑《かっちゅう》を着け、刀や槍《やり》や石弓を持った狐兵《きつねへい》だ。

「な、なに、あれ」

信助《しんじょ》がふるえ声でいった。

「狐《きつね》の妖怪《ようかい》みたいだな」

「あたしがいったとおり、やっぱり、妖怪《ようかい》がでてきたわね」

妖怪《ようかい》なれしている蒼太《そうたい》と夏花《かか》は、少しもおどろかなかった。

「やはりやめさせないと！」

孔明《こうめい》は、男たちと狐兵《きつねへい》のあいだに馬を乗りいれようとしたが、

「よさないか、軍師《ぐんし》」

と、張飛《ちょうひ》が両足をふんばって一歩も前へ行かせないようにしていた。

しばらくすると、村の男たちの形勢《けいせい》がわるくなってきた。なだれをうつように敵《てき》に背《せ》を見せて逃《に》げだした。狐兵《きつねへい》は勢《いきお》いに乗ってなおも攻《せ》めたてたが、途中《とちゅう》

でやめ、凱歌《がいか》を上げて屋敷《やしき》にひき上げていった。

村の男たちは、屋敷《やしき》からはなれたところにひとかたまりになって、休んでいた。おたがいに傷《きず》の手当てをしたり、血と汗《あせ》をぬぐったり、膝《ひざ》をおって頭をたれていたり、地面に大の字になって大きな息をついたりしている。孔明《こうめい》たちが歩みよっていくと、疲《つか》れた顔を上げてぼんやりと見つめた。

「どういうことなんです、これは」

孔明《こうめい》が、馬をおりてたずねた。

「なんで、狐《きつね》なんかと戦《たたか》っているんですか」

「むすめを取りもどすためだ!」

かたまりのまん中にいた男が、強い調子でいった。その男だけが、甲冑《かっちゅう》を着けている。しかも、りっぱな甲冑《かっちゅう》だ。

「むすめさんを取りもどす?」

「そうだ。あの屋敷《やしき》はわしの屋敷《やしき》で、むすめはあそこでとらわれの身になっている」

「よかったらくわしく話してくれませんか。わたしたちは旅の者ですが、力になれるかもしれません」

「軍師《ぐんし》、軍師《ぐんし》……」

張飛《ちょうひ》が孔明《こうめい》の上着のすそをしきりにひっぱったが、孔明《こうめい》は無視《むし》した。

「それはありがたいが……」

屋敷《やしき》の主《あるじ》は、視線《しせん》をさまよわせ、

「そういえば、けさ、やはり通りがかった旅の人が、話を聞いて、なんとかしてやろうと屋敷《やしき》にはいっていったが、それっきりもどってこない。はて、どうしたんだか――」

と首をひねったが、すぐに顔を上げた。そのときはじめて張飛《ちょうひ》の姿《すがた》が目にはいったのか、ぱっと顔をかがやかせると、

「そっちの豪傑《ごうけつ》なら、なんとかしてくれそうだな」

そういって、話しはじめた。

十日ほど前のこと。見知らぬ若《わか》い男が屋敷《やしき》を訪《たず》ねてきて、おたくのむすめさんと結婚《けっこん》させてほしいといった。むすめは、遠くの村にまで知れわたった美人だった。たぶん、そのうわさを聞いてやってきたのだろうと思った屋敷《やしき》の主《あるじ》は、

むすめにはすでに約束《やくそく》した者がいるといって、ことわった。すると翌日《よくじつ》、男は狐兵《きつねへい》の軍勢《ぐんぜい》をひきいてやってきて、屋敷《やしき》に攻《せ》めこみ、主《あるじ》をはじめ、むすめ以外《いがい》の家族や使用人を追いだして、屋敷《やしき》を乗っとってしまった。

それからというもの、屋敷《やしき》の主《あるじ》は使用人や村の男たちを集めて、毎日のように屋敷《やしき》に攻《せ》めこんだが、いつも狐兵《きつねへい》に撃退《げきたい》されて、むすめを取りもどすことができないのだという。

「そちらの豪傑《ごうけつ》さん、どうかむすめを取りもどすのに力をかしてくだされ」

話を終えた屋敷《やしき》の主《あるじ》は、張飛《ちょうひ》の前に膝《ひざ》をおり、頭をさげた。

「妖怪《ようかい》相手は気がすすまん」

張飛《ちょうひ》は首をふった。

「張飛《ちょうひ》どの、これはおせっかいではなくて、人助けですよ」

孔明《こうめい》がいった。

「張飛《ちょうひ》さん、出番よ。いいとこ見せて」

「さっきの狐兵《きつねへい》なんて、たいした妖怪《ようかい》じゃないよ。長坂橋《ちょうはんきょう》のときのように、ひと声で追いちらせる」

「おれ、張飛《ちょうひ》さんが活躍《かつやく》するとこ、見てみたい」

孔明《こうめい》につづいて、夏花《かか》や蒼太《そうたい》や信助《しんじょ》が、こもごもあおった。

「うーん」

張飛《ちょうひ》は腕《うで》をくんでしばらく考えていたが、やがて腕《うで》ぐみをとき、

「よーし。やってやろうじゃないか！」

ぶるっと武者《むしゃ》ぶるいすると、蛇矛《じゃぼう》をかまえなおし、のっしのっしと屋敷《やしき》に向かって歩きだした。あとから孔明《こうめい》、蒼太《そうたい》、夏花《かか》、信助《しんじょ》がつづき、さらにそのあとから屋敷《やしき》の主《あるじ》と村の男たちが、およびで腰《ごし》でしたがった。

「われこそは、長坂橋《ちょうはんきょう》で百万の曹操軍《そうそうぐん》をひと声で追いちらした燕人張飛《えんひとちょうひ》なり！」

屋敷《やしき》の前まで来ると、張飛《ちょうひ》は大音声《だいおんじょう》を上げた。

「こざかしい狐《きつね》ども。おれさまが相手になってやるから、かかってこい！」

すると、屋敷《やしき》の門がさっと開《ひら》いて、甲冑《かっちゅう》に身をかためた狐兵《きつねへい》がわらわらと飛《と》びだしてきたかと思うと、刀や槍《やり》をきらめかせて、張飛《ちょうひ》に襲《おそ》いかかった。

「来たか。これでもくらえ！」

張飛《ちょうひ》は蛇矛《じゃぼう》をふるって、つぎつぎに狐兵《きつねへい》を血祭りに上げた。狐兵《きつねへい》はばたばた

と倒《たお》れ、地面におりかさなっていった。

「張飛《ちょうひ》さん、かっこいい！」

「長坂橋《ちょうはんきょう》の英雄《えいゆう》！」

「がんばって！」

夏花《かか》と蒼太《そうたい》と信助《しんじょ》は、声援《せいえん》をおくった。

「おだてるな」

張飛《ちょうひ》はにがわらいしながら、なおも蛇矛《じゃぼう》をふるって狐兵《きつねへい》を攻《せ》めたてた。張飛《ちょうひ》のすさまじい働《はたら》きに、狐兵《きつねへい》はどっとくずれたち、刀や槍《やり》をほうりだしててんでに逃《に》げちっていった。

「なんだ、手ごたえのないやつらだ。おれさまの相手になるには百年早いわ」

張飛《ちょうひ》は、ひげをしごいて、うそぶいた。

と、だしぬけに、屋敷《やしき》の門の前に巨大《きょだい》な狐《きつね》が出現《しゅつげん》した。身の丈《たけ》は二丈《じょう》（約《やく》六メートル）あまり、横はばは六尺《しゃく》（約《やく》二メートル）ほどもあり、全身炎《ほのお》のように赤い。

巨大赤狐《きょだいあかぎつね》は、きゅっとつり上がった巨大《きょだい》な目をぎょろりとむくと、ガッと大きな口をあけて、ふうっと大きな息を吐《は》いた。息はすさまじい大風となって張《ちょう》飛《ひ》たちに吹《ふ》きつけた。

「わあ、たまらん！」

張飛《ちょうひ》は両足をふんばり、蛇矛《じゃぼう》の柄《え》の先を地面につきたてて、かろうじて吹《ふ》きとばされるのをまぬかれた。夏花《かか》と蒼太《そうたい》と信助《しんじょ》は、とっさに孔明《こうめい》にしがみついた。四人がひとかたまりになったので、なんとかもちこたえた。屋敷《やしき》の主《あるじ》や村の男たちは、こらえきれずに吹《ふ》きとばされて、あっという間に石ころのように遠くへころがっていった。

赤狐《あかぎつね》は、ふたたび大口をあけ、息をはこうとした。

「くそっ。飛《と》ばされてたまるか！」

張飛《ちょうひ》は、蛇矛《じゃぼう》を持ちなおすと、槍《やり》のようにかまえ、赤狐《あかぎつね》めがけて思いきりなげつけた。

蛇矛《じゃぼう》は一直線に飛《と》んでいき、赤狐《あかぎつね》の腹《はら》のどまんなかに勢《いきお》いよくつきささった。とたんに、赤狐《あかぎつね》がくたくたっと力が抜《ぬ》けたように地面に倒《たお》れこんだ。

「やったぞ！」

張飛《ちょうひ》は喚声《かんせい》を上げてかけよった。

「張飛《ちょうひ》どの、お見事」

「やったね、張飛《ちょうひ》さん」

「やっぱり、英雄《えいゆう》」

「すごい、すごい」

孔明《こうめい》、蒼太《そうたい》、夏花《かか》、信助《しんじょ》があとにつづく。

が、五人は、あっけに取られたようにその場に立ちつくした。目の前に倒《たお》れていたのは、狐《きつね》の形をした草で編《あ》んだ草人形だったのだ。

「くそっ、たぶらかしおって！」

張飛《ちょうひ》は、ひげを逆《さか》だてると、蛇矛《じゃぼう》をかかえて屋敷《やしき》におどりこんだ。

四

「むすめはどこだ」

張飛《ちょうひ》は、屋敷《やしき》の部屋にかたっぱしからふみこんでいったが、どの部屋もからっぽで、家具や調度が乱雑《らんざつ》になげだされているばかりだった。

「ここか」

奥《おく》の広間にふみこむと、ひとりの若者《わかもの》が、美しいむすめをそばにすわらせて、酒を飲んでいた。

「きさまだな！」

張飛《ちょうひ》は蛇矛《じゃぼう》をふるって若者《わかもの》に斬《き》りかかった。が、蛇矛《じゃぼう》に切りさかれる寸前《すんぜん》、若者《わかもの》はすわったまま三尺《じゃく》あまりも飛《と》び上《あ》がり、空中で一回転して床《ゆか》におりたった。若者《わかもの》は、一ぴきの赤狐《あかぎつね》に変《か》わっていた。むすめはそのあいだに広間から逃《に》げだしていた。

「うぬ。こしゃくな」

張飛《ちょうひ》は、顔をまっ赤にしてふたたび斬《き》りかかった。しかし、するどい蛇矛《じゃぼう》の切っ先を狐《きつね》はひらっと身をかわしてよけた。

いきりたった張飛《ちょうひ》は、さらに何度も何度も蛇矛《じゃぼう》をふるったが、狐《きつね》はそのたびに右に左にと身軽に身をかわし、床《ゆか》におりたっては、ばかにしたようにへらへらとわらった。

「なんてやつだ……」

張飛《ちょうひ》は、あきれて息をついた。これまで張飛《ちょうひ》の蛇矛《じゃぼう》の攻撃《こうげき》を受けて助かった者はいないのだ。

そこへ、孔明《こうめい》が蒼太《そうたい》、夏花《かか》、信助《しんじょ》といっしょにかけつけてきた。

「張飛《ちょうひ》どの、かわろう」

孔明《こうめい》がいった。

「たのむ。どうもこういうやつは苦手だ」

張飛《ちょうひ》はぶつぶついって、ひきさがった。

「さあ来い、妖狐《ようこ》め。わたしが相手になってやる」

孔明《こうめい》は、蒼竜剣《そうりゅうけん》をすらりとひきぬいた。

狐《きつね》がにやりとわらって、ふさふさしたしっぽをぶるんとふった。すると、しっぽの毛がばらばらと抜《ぬ》けたかと思うと、その一本一本が赤狐《あかぎつね》になり、たちまち広間じゅうにあふれかえった。

「こ、これは……」

孔明《こうめい》は思わずあとずさった。どれが本物かまったく見わけがつかない。

と、数十ぴきの赤狐《あかぎつね》が、いっせいに歯をむきだし、孔明《こうめい》めがけて襲《おそ》いかかってきた。孔明《こうめい》の手の中で、蒼竜剣《そうりゅうけん》がきらりとひらめいた。襲《おそ》いかかってくる赤《あか》狐《ぎつね》を右に左に電撃《でんげき》の速さで斬《き》りはらう。そのたびに、赤狐《あかぎつね》は一本の毛にもどっていった。

それでも、赤狐《あかぎつね》は増《ふ》えつづける。斬《き》っても斬《き》っても、あとからあとから波のように襲《おそ》ってくる。とうとう孔明《こうめい》は赤狐《あかぎつね》の群《む》れにかこまれ、身動きできなくなった。

「きゃあ、孔明《こうめい》さん！」

「やられる！」

「ど、どうしよう！」

広間の外ではらはらしながら見まもっていた夏花《かか》たちのあいだから悲鳴が上がり、

「いかん！」

蛇矛《じゃぼう》をかまえて張飛《ちょうひ》が赤狐《あかぎつね》の群《む》れに飛《と》びこもうとした、そのとき。孔明《こうめい》の手から蒼竜剣《そうりゅうけん》がすっとはなれ、宙《ちゅう》を飛《と》んで広間のすみにずばっとつきささった。と、孔明《こうめい》のまわりの赤狐《あかぎつね》が波がひくようにいっせいに消え、足もとに無数の赤毛となってちらばった。

孔明《こうめい》を先頭に、一同は広間のすみにかけよった。さっきの狐《きつね》が、大の字になってのびていた。蒼竜剣《そうりゅうけん》が狐《きつね》のしっぽをつらぬいて床《ゆか》にまっすぐつきささっている。しっぽはほとんど毛が抜《ぬ》けて赤はだかだった。

「これにこりて、もういたずらはやめるんだな」

孔明《こうめい》が蒼竜剣《そうりゅうけん》をひきぬくと、狐《きつね》はすばやく起き上がり、ぴょこんと頭をさげて、すごすごと広間をでていった。

「やれやれ。手間取らせやがって」

張飛《ちょうひ》がさも自分がやったようにいうと、蒼太《そうたい》たちをふりかえった。

「さあ、ひき上げようぜ」

そのとき、右手にある扉《とびら》ががたがたと鳴った。

「なんだ、だれかいたのか」

張飛《ちょうひ》が歩みよって、片足《かたあし》を上げてどんと扉《とびら》をけやぶった。すると、中から両手両足をしばられ、布《ぬの》でさるぐつわをされた男がころがりでてきた。

「やっ、おぬしは孫乾《そんけん》！」

張飛《ちょうひ》がおどろきの声を上げて、縄《なわ》を蛇矛《じゃぼう》で切りはなし、猿《さる》ぐつわをはずしてやった。

「やれやれ、助かった」

男は、立ち上がって両手をさすった。

「おぬしの声が聞こえたので、気づいてもらおうと、必死《ひっし》で扉《とびら》に体あたりしたのだ」

「だれ？」

「知ってる？」

夏花《かか》と信助《しんじょ》が蒼太《そうたい》を見た。

「たしか、劉備《りゅうび》の側近《そっきん》のひとりで、のちに蜀《しょく》の重臣《じゅうしん》になる人だ。『三国志《さんごくし》』にでてくる」

蒼太《そうたい》がいった。

「それにしても孫乾《そんけん》よ。なんでこんなところにとじこめられていたんだ」

張飛《ちょうひ》がたずねた。

「おぬしは柴桑《さいそう》にいるはずではないか」

「おぬしたちに一刻《いっこく》も早く知らせることがあって、けさ早く、柴桑《さいそう》からひそかに渡《わた》ってきたのだ。おぬしたちをさがしてこの屋敷《やしき》の前を通りかかったら、村の者たちがなにやらののしりさわいでいる。話を聞いて助けてやろうと思い、屋敷《やしき》にはいったところ、赤狐《あかぎつね》に捕《つか》まって、さっきの小部屋にほうりこまれてしまったのだ」

「それは災難《さいなん》だったな。で、おれたちに伝《つた》えたいことって、なんだ？」

「さよう。昨夜《さくや》のことだが——」
孫乾《そんけん》は、あらたまった顔つきで、張飛《ちょうひ》と孔明《こうめい》を見やった。
「孔明軍師《こうめいぐんし》が亡《な》くなられた」

そのことばは、爆弾《ばくだん》のようにその場にいた者たちのあいだにおちた。孔明《こうめい》はなみだを隠《かく》すように顔を天井《てんじょう》に向け、張飛《ちょうひ》は大きな目を見ひらいたまま石像《せきぞう》のように立ちつくし、蒼太《そうたい》と夏花《かか》と信助《しんじょ》は、ぼうぜんとして顔を見あわせた。

「で、でも……」

最初《さいしょ》に口をひらいたのは、夏花《かか》だった。

「孔明《こうめい》さんなら、ここにいるじゃない」

「わたしは、孔明《こうめい》の双子《ふたご》の弟の孔晴《こうせい》だ」

孔明《こうめい》が、天井《てんじょう》からゆっくりと顔をもどして、蒼太《そうたい》たちを見た。その頬《ほお》になみだのあとが光っていた。

「双子《ふたご》の弟……」

そうだったのか——蒼太《そうたい》は、胸《むね》の内でひそかにうなずいた。争《あらそ》いごとがきらいだの、のんびり昼寝《ひるね》がしたいだの、『三国志《さんごくし》』に描《えが》かれた孔明《こうめい》のイメージとあまりにちがうのも、張飛《ちょうひ》がときに乱暴《らんぼう》な口をきくのも、本物の孔明《こうめい》ではなかったからだ。孔明《こうめい》がふたりになったとき、張飛《ちょうひ》が「どっちにしても変《か》わりはない」といったのも、そういう意味だったのだ。

「わたしと張飛《ちょうひ》どのは、曹操《そうそう》の間者《かんじゃ》をあざむくために、夏口《かこう》から陸路《りくろ》を取って柴桑《さいそう》に向かい、そのあいだに兄上は舟《ふね》で柴桑《さいそう》に渡《わた》り、呉《ご》の孫権《そんけん》どのや周瑜《しゅうゆ》をはじめとする重臣《じゅうしん》たちと会談をするというのが、兄上の計略《けいりゃく》だった」

そうか。だから、曹操《そうそう》の間者《かんじゃ》をひきつけるために、わざとのんびり、ゆっくり旅をつづけたのだ。

「兄上は、すでに呉《ご》との会談を成功《せいこう》させ、曹操《そうそう》との戦《たたか》いにそなえて、作戦《さくせん》を練《ね》っているだろう。わたしはこれから柴桑《さいそう》に渡《わた》り、影武者《かげむしゃ》として、病気がちな兄上にかわって人と会ったり、話をしたりすることになっていた」

孔明《こうめい》――孔晴《こうせい》は、そこでまたなみだぐんだ。

「しかし、兄上が亡《な》くなってしまった今となっては、それもないことになってしまった……ああ、兄上、兄上、なんでわたしをのこして逝《い》ってしまったのです。せめて最後《さいご》にひとめでも会いたかった！」

「悲しまれるのは分かるが、今は感傷《かんしょう》にひたっている場合ではありませんぞ、孔晴《こうせい》どの」

孫乾《そんけん》がかわいた声でいった。

「あなたには、これから、影武者《かげむしゃ》などよりもずっと重要《じゅうよう》な役をやってもらわなければならんのですからな」

「ま、まさか、わたしに兄上のかわりになれと……!?」

「そのとおり」

孫乾《そんけん》は重々しくうなずいた。

「すでに呉《ご》では、参謀《さんぼう》の周瑜《しゅうゆ》を先頭に、曹操《そうそう》との戦《たたか》いの準備《じゅんび》が着々とすすめられている。その中心にいるのが、孔明軍師《こうめいぐんし》。ここで孔明軍師《こうめいぐんし》がいなくなれば、呉《ご》との協力関係《きょうりょくかんけい》はがたがたとくずれ、そのすきに曹操《そうそう》が呉《ご》に攻《せ》めこんできて、呉《ご》をほろぼし、わたしたちをも一気に攻《せ》めほろぼすにちがいない。

柴桑《さいそう》では、孔明軍師《こうめいぐんし》は病でふせっていて、面会謝絶《めんかいしゃぜつ》ということにしてある。亡《な》くなられたことは、外には一切もれていない。今のうちに、軍師《ぐんし》にそっくりのあなたが元気な姿《すがた》を見せれば、いれかわったことなどだれひとりとしてわかるはずはない」

「し、しかし、姿形《すがたかたち》はそっくりでも、わたしには兄上のような人並《ひとな》みすぐれた知力はない。戦《いくさ》や政《まつりごと》の知識《ちしき》もない。化けの皮がはがれるのは時間の問題だ」

「その点は心配ない。孔明軍師《こうめいぐんし》は、ご自分の死期をさとられて、ご自分が習いおぼえたことをはじめ、これからなにをどうすればよいかなど、ご自分のすべてをあなたのために書きのこしておられる。それを学べば、あなたは孔明軍師《こうめいぐんし》になりかわれるだろう」

そこでいきなり孫乾《そんけん》は、孔晴《こうせい》の前にひざまずいた。

「孔晴《こうせい》どの。どうかお願《ねが》いする。孔明軍師《こうめいぐんし》として、劉備《りゅうび》さまのために力をつくし、われらをひきいていってほしい」

「おれからもお願《ねが》いする」

張飛《ちょうひ》も孫乾《そんけん》にならって、膝《ひざ》をおった。

「劉備《りゅうび》さまをしたってついてきている数万の民《たみ》のために、孔明軍師《こうめいぐんし》として曹操《そうそう》と対決してほしい」

「孔晴《こうせい》さん、孔明軍師《こうめいぐんし》になってください！」

蒼太《そうた》が叫《さけ》んだ。

「孔明《こうめい》がいなくなっちゃったら、予言書《よげんしょ》の内容《ないよう》も変《か》わって、それこそ未来《みらい》の世界がとんでもないことになっちゃうかもしれないんだ」

「孔明《こうめい》さん……じゃなかった、孔晴《こうせい》さん、お願《ねが》い」

「たのむよ！」

夏花《かか》と信助《しんじょ》も叫《さけ》んだ。

「少し考えさせてください」

孔晴《こうせい》は、そういって、孫乾《そんけん》がでてきた小部屋にかけこんだ。

それから一時《とき》ほどして、小部屋からでてきた孔晴《こうせい》は、青白い顔をひきしめて、おもむろに口をひらいた。

「決めました。力不足《ぶそく》かもしれないけれど、これからも孔明《こうめい》として行動します」

張飛《ちょうひ》と孫乾《そんけん》はほっとしたように表情《ひょうじょう》をゆるめ、蒼太《そうたい》と夏花《かか》と信助《しんじょ》はぱちぱちと拍手《はくしゅ》した。

「お前たちも、いっしょに来てほしい」

孔晴《こうせい》は、蒼太《そうたい》たちに顔を向けた。

「未来《みらい》から来たお前たちなら、これから起こることを知っているはず。いろいろと相談に乗ってほしいのだ」

「もちろんだよ」

「いっしょに行くに決まってるじゃない、孔明《こうめい》さん」
「できるだけのことはするよ」
三人は大きくうなずいた。
だれも気がつかなかったが、そのとき、広間の外のかべにぴたりとはりついていた黒い影《かげ》が、そろりとかべからはなれて、足音を立てずに去っていった。

その夜、船着き場から、六人を乗せた舟《ふね》が対岸の柴桑《さいそう》に向けてひそかにこぎだされた。

それからしばらくして、黒い影《かげ》が船着き場にあらわれた。

「聞いたぞ、聞いたぞ。孔明《こうめい》が死んで、双子《ふたご》の弟がいれかわるとな。……しかし、おどろいた。うっかりにせ孔明《こうめい》を曹操《そうそう》さまに推薦《すいせん》するところだったわい。だが、〝わざわい転じて福となす〟。この情報《じょうほう》を周瑜《しゅうゆ》の耳にいれてやろう。そして、周瑜《しゅうゆ》をうらぎらせ、にせ孔明《こうめい》のかわりに曹操《そうそう》さまに推薦《すいせん》してやるのだ」

ぶつぶつつぶやきながら、黒い影《かげ》は一そうの空き舟《ぶね》に飛《と》びのると、柴桑《さいそう》に向かってこぎだしていった。

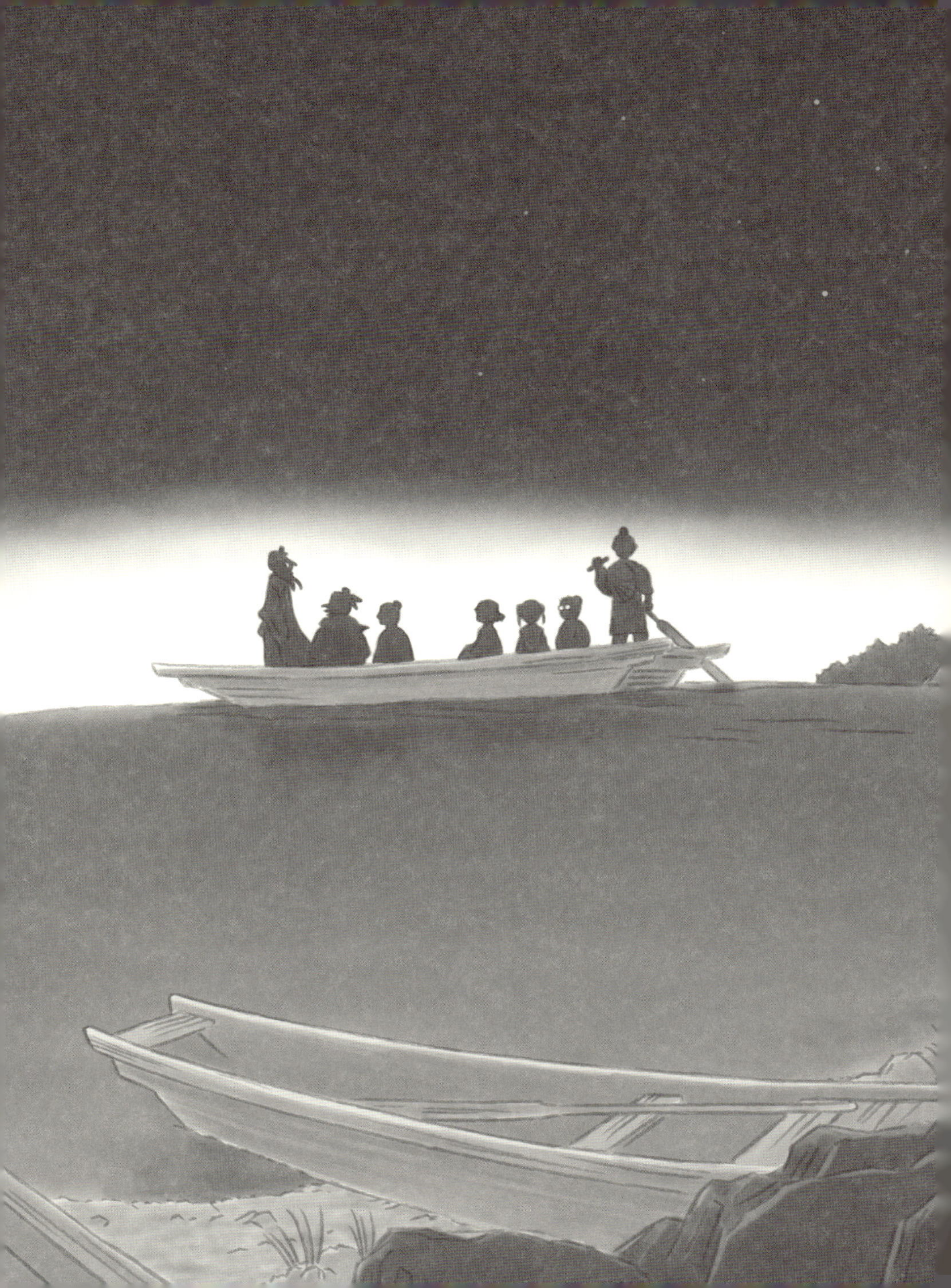

作者　三田村　信行（みたむら のぶゆき）

一九三九年東京都に生まれる。早稲田大学文学部卒業。幼年童話から大長編まで幅広く活躍している。『風の陰陽師』（ポプラ社）で巌谷小波文芸賞、日本児童文学者協会賞を受賞。主な作品に「きつねのかぎや」シリーズ、「へんてこ宝さがし」シリーズ（ともにあかね書房）、「キャベたまたんてい」シリーズ（金の星社）、「ネコカブリ小学校」シリーズ（ＰＨＰ研究所）、『おとうさんがいっぱい』『ふたりユースケ』（ともに理論社）ほか多数。東京都在住。

画家　十々夜（ととや）

富山県に生まれる。大阪美術専門学校卒業。ゲームのイラストからキャラクターデザイン、児童書の挿画まで様々な分野で活躍している。挿画の作品として「妖怪道中膝栗毛」シリーズ（あかね書房）、「ルルル♪動物病院」シリーズ、「アンティークＦＵＧＡ」シリーズ（ともに岩崎書店）、「サッカー少女サミー」シリーズ（学研）、『おなやみ相談部』（講談社）ほかがある。京都府在住。

妖怪道中三国志・4

幻影の町から大脱出

二〇一七年五月二五日　初版発行

作　者　三田村信行
画　家　十々夜
発行者　岡本光晴
発行所　株式会社あかね書房
〒一〇一－〇〇六五
東京都千代田区西神田三－二－一
電　話　〇三－三二六三－〇六四一（営業）
〇三－三二六三－〇六四四（編集）
印刷所　錦明印刷株式会社
製本所　株式会社難波製本
装　丁　吉沢千明

NDC913　161ページ　21cm

ISBN978-4-251-04524-9
乱丁・落丁本はお取りかえいたします。定価はカバーに表示してあります。
http://www.akaneshobo.co.jp

「三国志《さんごくし》」の世界で、
歴史《れきし》をまもる旅が、いまはじまった！

妖怪道中三国志《ようかいどうちゅうさんごくし》シリーズ

三田村信行・作　十々夜・絵

1 奪《うば》われた予言書《よげんしょ》

予言書《よげんしょ》の巻物《まきもの》が妖怪《ようかい》に奪《うば》われた！　蒼一《そういち》たちは歴史《れきし》をまもるため、“三国志《さんごくし》”の時代へ。出会ったのは呉《ご》へと旅をする孔明《こうめい》と張《ちょう》飛《ひ》だったが！？

2 壁画《へきが》にひそむ罠《わな》

蒼太《そうたい》と名前を変《か》え、４人で旅をはじめた蒼一《そういち》。ところがつぎつぎと妖怪《ようかい》に襲《おそ》われる。美女に壁《へき》画《が》のなかへ招《まね》かれた孔明《こうめい》を、つれもどせるのか……？

3 孔明《こうめい》vs.妖怪孔明《ようかいこうめい》

歴史《れきし》をまもるため、孔明《こうめい》・張飛《ちょうひ》たちと旅をつづける蒼太《そうたい》。ところが、妖怪《ようかい》のしわざで、孔明《こうめい》そっくりな孔明《こうめい》が出現《しゅつげん》！　妖怪《ようかい》を見やぶることができるのか！？

4 幻影《げんえい》の町から大脱出《だいだっしゅつ》

「赤壁《せきへき》の戦《たたか》い」を起こすために旅をつづける蒼太《そうたい》たち。ところが、死者が暮《く》らす町で鬼《おに》に追われ危機一髪《ききいっぱつ》！　そして孔明《こうめい》をめぐるなぞがついに明らかに……！？

以下続刊

牛鬼